– Está ofendida por não ser meu tipo?

Violet ficou vermelha de raiva.

– Acho que já estabelecemos que você também não é o meu tipo! – disse alterada. – Podemos entrar agora?

– Seu pânico acabou?

– Não gosto de você, sabia disso?

– Entrar no quarto com essa expressão de raiva não vai ...ionar.

... boca de Violet estava entreaberta, preparada para respon- ...equadamente àquele sorrisinho presunçoso no rosto ...oca de Damien cobriu a dela com uma gentileza eróti- ...ou o fôlego. Ele delicadamente abriu caminho e sua ...a de Violet era uma invasão que a atingiu com a força ...m furacão. Foi o beijo mais sensacional que ela já recebera e tudo o que queria fazer era puxá-lo para perto.

Querida leitora,

Até onde você é capaz de ir para proteger uma pessoa querida? E se essa pessoa fizer algo muito errado? Violet Drew vai bem lon[illegible] para evitar que sua irmã seja presa por furto, mesmo sabendo q[illegible] é culpada! Ainda assim, Violet aceita se passar pela noiva de Da[illegible] Carver, a vítima e ex-chefe da irmã. Mas agora, parece que é e[illegible] roubará seu coração...

Boa le[illegible]
Equipe Editorial Harlequin Books

Cathy Williams

AMANTE TEMPORÁRIA

Tradução
Leila Kommers

HARLEQUIN®

2014

Título original: HIS TEMPORARY MISTRESS

Originalmente publicado em 2014 por Mills & Boon Modern Romance

Projeto gráfico e arte-final de capa:
Isabelle Paiva

Diagramação:
editoriarte

Impressão:
RR DONNELLEY
www.rrdonnelley.com.br

Distribuição para bancas de jornais e revistas de todo o Brasil:
FC Comercial Distribuidora S.A.

Editora HR Ltda.
Rua Argentina, 171, 4º andar
São Cristóvão, Rio de Janeiro, RJ – 20921-380

Contato: virginia.rivera@harlequinbooks.com.br

CAPÍTULO 1

AS NOTÍCIAS eram péssimas. Damien girou a cadeira, ficando de frente para a fachada de vidro de seu escritório, que proporcionava uma vista espetacular de Londres.

A verdade de que o dinheiro não compra tudo veio à tona. Sua mãe recebeu o diagnóstico rápido e imperdoável de câncer, e nem seus bilhões poderiam alterar esse fato.

Não era um homem de arrependimentos. É um desperdício, não resolve nada e seu lema sempre foi que todo problema tem uma solução.

Mas uma série de dúvidas o atingiu com a precisão mortal de um míssil. A saúde da mãe não andava bem havia mais de ano, e ele aceitara a palavra dela de que o médico dissera que não precisava se preocupar.

E se tivesse investigado mais a fundo? Insistido em trazê-la para Londres, onde teria os melhores médicos?

Será que o câncer teria parado de evoluir? Teria evitado a notícia de que o prognóstico era obscuro? De que teriam que abrir para ver até onde tinha se espalhado?

Sim, ela estava em Londres, agora, depois de alguns arranjos complicados e uma grande ansiedade, mas e se tivesse vindo antes?

Levantou-se e caminhou pelo escritório. Pela primeira vez na vida, a culpa aflorou e o atingiu em cheio. Foi até a secretária, pediu que segurasse suas ligações e permitiu-se uma rara e indesejável inconveniência de ceder a um surto de introspecção selvagem e frustrante.

A única coisa que a mãe queria para ele era que se casasse, se acomodasse e tivesse uma boa mulher.

Sim, ela tolerava as mulheres que ele conheceu ao longo dos anos quando o visitava em Londres, e ele optou por ignorar o crescente desapontamento dela com o tipo de vida que escolheu levar. O pai morrera havia oito anos, deixando a empresa quase à beira de um colapso.

Damien se comprometeu cem por cento com os negócios que herdou. Dividindo e unindo de formas criativas, integrou sua bem-sucedida empresa de informática com a transportadora já ultrapassada do pai, e o casamento tornou-se um sucesso surpreendente, mas que requeria bastante habilidade. Não tinha tempo para se preocupar com seu estilo de vida. Aos 23 anos, ele tentara fazer uma escolha séria com uma mulher e tinha se dado muito mal. E daí que as escolhas não eram do agrado da mãe? O tempo não estava do lado dele?

Agora, perante a possibilidade da mãe não viver muito tempo, forçava-se a aceitar que a ambição e o caminho feroz que o levara ao topo e assegurara a proteção financeira que a mãe merecia e necessitava também a deixavam desapontada.

E não havia nada que pudesse fazer.

Damien olhou quando a secretária enfiou a cabeça pela porta. Não precisava anunciar seu descontentamento com ninguém por ser interrompido, principalmente tendo dado ordens específicas. Mas com Martha Hall essas regras não funcionavam. Herdou-a do pai e, aos 60 e alguma coisa, era quase um membro da família.

– Sei que pediu que não o incomodasse, filho.

Damien engoliu um suspiro. Há muito desistira de dizer que essa afeição era inadequada. Além de trabalhar com o pai, ela fora babá dele por muitas noites.

– Mas você prometeu que me diria o que o clínico falou sobre sua mãe – disse preocupada.

Irradiava ansiedade por cada poro de seu corpo alto e angular.

– Nada de bom.

Tentou suavizar a voz, mas percebeu que não conseguiria. Passou os dedos pelo cabelo escuro e parou na frente dela. Martha deveria ter 1,50m, e ele 1,84m de pura força muscular. O tecido fino das calças pretas feitas à mão e o branco imaculado da camisa revestiam as linhas poderosas do homem que fazia cabeças virarem ao passar na rua.

– O câncer pode ter se espalhado mais do que eles suspeitavam. Ela vai fazer uma bateria de exames e uma cirurgia para confirmar os resultados. Depois disso, vão analisar o melhor tratamento.

Martha secou as lágrimas com um lencinho que carregava na manga de sua blusa.

– Pobre Eleanor. Deve estar assustada.

– Está superando.

– E Dominic?

O nome ficou no ar, um lembrete do motivo por sua mãe estar tão preocupada e transtornada por estar doente, e ele, Damien, ainda estar solteiro, saindo com mulheres belas, mas sem nada na cabeça, que, aos olhos da mãe, eram incapazes de lidar com a responsabilidade que um dia seria dele.

– Vou até lá falar com ele.

No geral, as pessoas teriam interrompido a conversa que ele claramente não queria continuar. Mas não Martha Hall.

– Já pensou no que vai acontecer com ele caso sua mãe piore? Sei que não quer falar sobre isso, mas não pode evitar.

– Não estou evitando nada – disse Damien com calma.

– Bem, vou deixar que pense a respeito, certo? Visitarei sua mãe depois do trabalho.

Damien forçou um sorriso.

– Ah, e tem mais uma coisa.

– Nem imagino o que seja – resmungou Damien, inclinando a cabeça e rezando para que não fosse mais um ataque à sua já cansada consciência.

– Há uma srta. Drew lá embaixo querendo falar com você. Quer que a mande subir?

Damien acalmou-se. O problema de Phillipa Drew era mais um, mas ao menos era algo que poderia resolver. Não fosse a emergência com a mãe, resolveria agora, mas...

– Peça para subir.

Martha não sabia nada sobre Phillipa Drew. Por que deveria? Phillipa trabalhava no departamento de TI, o lugar onde a criatividade estava em alta e as habilidades de seus programadores eram testadas até o limite. Como secretária do chefe do departamento, não sabia da existência dela até que, uma semana antes, uma série de infrações veio à tona, levando até ela.

O chefe do departamento foi alertado, reuniões foram convocadas e todos foram considerados. Documentos confidenciais não poderiam ser repassados aos concorrentes. Os interrogatórios foram rigorosos e, por fim, Damien concluiu que a mulher agiu sozinha.

Mas ele não levou adiante. A patente do software limitou os danos, mas a punição teria que ser devidamente aplicada. Ele fez uma entrevista preliminar rápida com a mulher, o tempo suficiente para ser escoltada para fora do prédio com um preço estipulado. Agora tinha mais tempo.

Depois de dez dias estressantes com o médico da mãe, Damien não via maneira mais satisfatória de descarregar do que distribuindo a desolação a alguém que roubou de sua empresa e que poderia ter dado um prejuízo de milhões de dólares.

Voltou para sua cadeira e ficou pensando no assunto.

Cadeia, é óbvio. Um exemplo teria que ser dado.

Lembrou-se da entrevista, ela soluçando, implorando e, quando percebeu que não funcionaria, ofereceu-se a ele, como último recurso.

A boca mostrava desdém com a lembrança. Podia ser uma loira com quase 1,80m, mas achou a situação repulsiva.

O humor dele estava ótimo para informá-la de que os rigores da justiça britânica estariam esperando por ela. Perfeito para descontar toda sua frustração e estresse em uma criminosa insignificante que achou que conseguiria roubá-lo.

Buscou no computador todas as evidências das tentativas equivocadas em fraudar a empresa e relaxou na cadeira esperando por ela.

LÁ EMBAIXO, no saguão elegante do prédio mais impressionante que já entrou, Violet esperava pela secretária de Damien Carver. Estava surpresa por ser tão fácil conseguir visitar o homem no próprio escritório. Por alguns segundos, nutriu a fantasia improvável de que, talvez, ele não era exatamente o monstro que Phillipa pintou.

Mas não durou muito. Ninguém chegava ao sucesso estratosférico dele sendo gentil, condescendente e compassivo.

O que fazia ali? O que esperava conseguir? A irmã tinha roubado informações, tendo sido ludibriada por um homem que a usou para acessar os arquivos que queria, foi apanhada e teria que enfrentar o longo braço da lei.

Violet não tinha certeza do que seria esse longo braço da lei. Era professora de arte. Espionagem, furto e informações roubadas não podiam estar mais fora do mundo dela. Certamente, a irmã não estava certa quando lamentou que havia ameaça de prisão.

Violet não sabia o que faria se a irmã não estivesse por perto. Eram apenas as duas. Aos 26, era quatro anos mais velha e, embora soubesse que Phillipa nunca fora uma pessoa fácil, desde que seus pais morreram em um acidente de carro sete anos antes, ela a amava e faria tudo por ela.

Olhou ao redor e tentou deter o pânico que sentia com todo aquele mármore e cromado que a cercava. Achava injusto um simples prédio de vidro esconder um ambiente tão assustadoramente opulento. Por que Phillipa não mencionou nada quando entrou para a empresa dez meses atrás? Repeliu a tentação de voltar para a casa minúscula que comprara para as duas com o dinheiro que receberam após a morte dos pais. Lutava contra o instinto de fugir e enterrar-se nas preparações para a escola antes que começasse o novo semestre.

O que diria ao sr. Carver?

Conseguiria oferecer o reembolso do que foi roubado? Alguma restituição financeira?

Absorvida pelos cenários esquisitos e aterrorizantes, assustou-se quando uma mulher de cabelo grisalho anunciou que a acompanharia até o escritório de Damien Carver.

Violet apertou a bolsa contra si, como se fosse um talismã, e a seguiu.

Por onde olhava, era lembrada de que esse não era um prédio comum, apesar da promessa cruel da vista externa.

Os quadros nas paredes eram manchas abstratas dramáticas que pareciam ser caríssimos. As plantas no saguão eram maiores e mais viçosas do que o normal, como se recebessem hormônios do crescimento. As pessoas sérias e determinadas, que iam apressadas do elevador para a porta e da porta para o elevador, eram mais jovens e estavam mais vivamente vestidas do que deveriam e, até mesmo o elevador era absurdamente imenso. Evitou o reflexo de sua expressão nervosa e tentou concentrar-se na conversa educada.

Se essa era a secretária pessoal dele, ficou óbvio que não fazia ideia dos delitos de Phillipa. Ao menos o rosto da irmã não estava impresso em painéis de tiro ao alvo.

Só se endireitou quando estavam parados em frente a uma porta de carvalho, com dois painéis verticais de vidro fumê que protegiam Damien Carver dos olhares casuais de qualquer um que estivesse na sala da secretária.

Ociosamente tabulando uma sequência de erros estúpidos que Phillipa Drew tinha cometido na tentativa de fraudar a empresa, Damien não se deu o trabalho de olhar quando a porta foi aberta e Martha anunciou sua visitante inesperada.

– Sente-se.

Continuou com os olhos grudados no computador. Cada detalhe de sua linguagem corporal sugeria um homem que já tomara uma decisão.

Com os nervos à flor da pele, Violet sentou-se em silêncio na cadeira de couro bem na frente dele. Queria poder olhar para outra parte da sala, mas só conseguia olhar para o homem na frente dela.

– Ele é repulsivo – disse Phillipa quando Violet perguntou sobre ele.

Violet imaginou alguém baixo, gordo, agressivo e desagradável. Alguém nojento.

Não estava preparada para a visão de um dos homens mais lindos que já vira.

O cabelo negro estava para trás, deixando à mostra as linhas e contornos gentilmente cinzelados. A boca séria a assustava, mas, estranhamente, ela estava bem consciente da curva sensual de seus lábios. Não conseguia ver os detalhes do físico, mas via o bastante para perceber que era musculoso e magro. Devia ter sangue estrangeiro, pensou, porque a pele era dourada. Sua boca estava seca e tentou se acalmar antes que ele erguesse a cabeça e olhasse para ela.

Quando ele finalmente voltou a atenção, ela ficou imóvel com aqueles olhos azul-marinho que poderiam congelar a água.

Damien olhou para ela por um longo tempo em silêncio, antes de falar com uma voz que combinava com o olhar glacial dele.

– Quem é você?

Certamente não era a mulher que ele estava esperando. Phillipa Drew era alta, elegante, loira e tinha o ar de algumas das mulheres com quem já saíra – uma expressão de consciência presunçosa de quem nascera com um forte poder de atração.

Essa mulher, de casaco grosso preto e sapatos sem salto pretos, era a antítese da moda. Quem poderia saber que corpo se escondia sob aquele traje disforme? Suas roupas eram extremamente discretas, assim como sua postura. Sinceramente, ela parecia como se estivesse disposta a dar um milhão de dólares para estar em qualquer outro lugar.

– Sou a srta. Drew. A-achei que soubesse – gaguejou Violet sentindo-se acuada pela força da personalidade dele.

Estava sentada rígida e segurando a bolsa contra o peito.

– Não estou com humor para joguinhos. Acredite, as duas últimas semanas foram péssimas e a última coisa que preciso é de alguém entrando no meu escritório com falsos pretextos.

– Não estou aqui com falsos pretextos, sr. Carver. Sou Violet Drew, a irmã de Phillipa.

Fez o máximo para agregar certa autoridade à voz. Era professora de arte. Estava acostumada a dizer a crianças de 10 e 11 anos o que fazer. Mas, por algum motivo, talvez por estar em solo incerto, todo senso de autoridade pareceu tê-la abandonado.

– E por que estou achando difícil de acreditar?

Damien levantou-se abruptamente e Violet recebeu o impacto de seu corpo atlético e alto, negligentemente gracioso, enquanto ele caminhava ao redor dela em círculos cada vez menores. Parecia um predador avaliando a presa. Encostou-se na mesa, fazendo com que ela erguesse o olhar.

– Não somos muito parecidas – Violet admitiu verdadeiramente. – Cresci com pessoas dizendo a mesma coisa. Ela herdou a altura, o estilo e a aparência do lado da minha mãe. Sou parecida com meu pai.

A desculpa já saía no piloto automático, mas estava focada demais no homem na sua frente.

Olhando mais de perto, Damien podia ver as similaridades entre elas. Achava que o tom do cabelo era o mesmo, mas Phillipa obviamente clareava o seu, e as duas tinham olhos azuis brilhantes com cílios fartos e escuros.

– E você veio aqui por...?

Violet respirou fundo. Ela havia ensaiado em sua cabeça o que diria a ele. Não contava em ser distraída por alguém tão belo.

– Suponho que ela enviou você para implorar em nome dela, certo?

Damien interrompeu o silêncio. Os lábios encurvados.

– Ao descobrir que soluçar, implorar e torcer as mãos não funcionaram e que sua sedução não deu certo, ela achou que você poderia fazer o trabalho sujo por ela...

Os olhos de Violet se arregalaram chocados.

– Ela tentou *seduzir você*?

– Um golpe baixo dela. – Damien deu a volta na mesa, ficando na frente do computador de novo. – Ela deve ter me confundido com algum idiota que ficaria balançado com o rostinho bonito dela.

– Não acredito.

Phillipa sempre usou a aparência para conseguir o que queria. Achava mais fácil manipular as pessoas usando seu charme. Os garotos comiam na mão dela, iam e vinham, eram escolhidos e descartados sem piedade. Exceto Craig Edwards, com quem a coisa foi diferente e a vida resolver pregar uma peça. Violet estava terrivelmente envergonhada pela irmã.

– Acredite.

– Não sei se ela contou a você, mas foi usada por um cara com quem saía. Ele queria acesso a qualquer arquivo que achasse que você tinha no... Bem, não sei os detalhes técnicos.

– Vou dar uma ajudinha, ok?

Damien listou uma série de informações que, felizmente, nunca chegaram a mãos erradas. Ele se recostou na cadeira, cruzou as mãos atrás da cabeça e olhou-a com frieza.

– Quer que eu dê a você uma ideia do quanto minha empresa perderia se sua irmã tivesse conseguido as informações?

– Mas *não conseguiu*. Isso *não conta*?

– Que argumento você pretende usar para tentar salvar sua irmã? – Damien falava lentamente sem a menor compaixão. – O "se envolveu com o cara errado" ou o "mas não conseguiu"? Porque não estou caindo na conversa de nenhum dos dois. Ela me contou sobre o hacker de bancos, de fala mansa e oportunista, com um plano para seguir carreira na indústria de software roubando minhas ideias, só que sua irmã, com o pouco que conversei com ela, não me convenceu como vítima passiva. Sinceramente, eu a enquadrei como uma cúmplice que não foi inteligente o bastante.

Violet olhou para ele com repugnância. Sob aquela aparência de virar a cabeça, ele era gélido.

– Phillipa não me pediu para vir – insistiu ela. – Vim porque percebi como ela estava devastada, como se arrependia pelo que tinha feito.

– Daqui só consigo ver crime e punição.

Violet empalideceu.

– Ela já está sendo punida, sr. Carver. Não vê isso? Foi despedida de seu primeiro emprego de verdade...

– Ela tem 22 anos. Sei porque memorizei a ficha pessoal dela. Então, se esse foi o primeiro emprego de verdade dela, se importa de me dizer o que ela fez nos últimos, digamos, seis anos? Já que ela terminou a escola com 16? Se não estou enganado, ela deixou que meu pessoal acreditasse que seu curso de informática foi seguido por um serviço exemplar em uma empresa de TI em Leeds. Uma referência por escrito e uma verbal foi dada por um tal *sr. Phillips*.

Violet engoliu em seco enquanto o chão se abria sob seus pés. O que poderia dizer? Mentir? Recusava-se. Olhava para a odiosa expressão de contentamento no rosto dele, de alguém que tinha levado o inimigo para uma armadilha. Phillipa não comentou nada sobre como conseguiu um emprego tão bem pago em uma empresa de renome. Agora sabia. Andrew Phillips era o namorado da irmã. Enganou-o com promessas de amor e casamento quando ele assumiu uma posição em uma empresa de TI em Leeds. Ele mal saiu pela porta e ela já estava dando em cima de Greg Lambert e, depois, Craig Edwards.

– Bem? – insistiu Damien. – Sou todo ouvidos.

Uma parte dele estava bem ciente de que estava sendo injusto. Essa garota, obviamente sem a menor malícia, bem intencionada, tinha se enchido de coragem para ir até ele em nome da irmã. Ele estava prestes a acabar com ela.

As últimas duas semanas de estresse, incerteza e insegurança indesejáveis estavam procurando um alvo onde pudesse descarregar e encontrou um.

– Olha... – Suspirou impaciente, inclinando-se para a frente –, é louvável você vir aqui e tentar, mas você precisa realmente enxergar quem é sua irmã. Ela é uma vigarista.

– Sei que Phillipa pode ser manipuladora, sr. Carver, mas é tudo o que eu tenho e não posso rejeitá-la porque cometeu um erro. – Seus olhos estavam se enchendo de lágrimas e a voz ficando rouca.

– Minha opinião é de que sua irmã já cometeu vários erros na vida. Ela sempre consegue se safar com um sorriso no rosto e mostrando os seios.

– Que afirmação horrível.

Damien deu de ombros com elegância e continuou a olhar para ela de uma maneira que fazia todo seu corpo arder.

– Acho que a verdade deve ser encarada.

Exceto que essa era uma meia verdade. Ele tinha se recusado a enfrentar a verdade sobre as preocupações de sua mãe com relação ao seu estilo de vida, preferindo fazer vista grossa.

– E agora?

Violet desabou, derrotada, na cadeira. Tivera uma esperança vã de que poderia apelar à bondade dele.

– Vou me aconselhar com meus advogados, mas é uma acusação grave e precisa ser tratada terminantemente.

– Quando você diz *terminantemente*...

Estava hipnotizada por suas feições gélidas. Era como encarar alguém de outro planeta. Seus amigos eram descontraídos e relaxados. Eles se importavam com assuntos humanitários. Faziam marchas de protesto e discutiam por horas sobre questões mundiais. A maioria fazia trabalhos de caridade. Ela mesma visitava asilos uma vez por semana, onde ensinava arte básica. Estava sempre no meio de pessoas que pensavam como ela. Damien Carver não só não pensava como ela, como parecia desprezar o que ela defendia. Aqueles olhos impiedosos não transmitiam simpatia por nada do que ela dizia. Parecia que estava conversando com um bloco de mármore.

– Prisão. – Por que enrolar? – Uma curva de aprendizado para sua irmã e um exemplo para o caso de alguém mais querer me roubar.

– Phillipa não duraria um dia na prisão...

– Algo que ela poderia ter considerado antes de decidir invadir meus computadores para obter informações confidenciais – respondeu ele secamente.

– É o primeiro delito dela, sr. Carver, ela não é uma criminosa. Entendo que não queira dar referências...

Damien começou a rir. Essa mulher era de verdade?

– Não dar referências? Você ouviu o que acabou de falar? Sua irmã será colocada nas mãos da justiça e vai para prisão. Tenho certeza de que não será uma unidade com assassinos e estupradores, mas não é problema meu. Você vai poder visitá-la toda semana e ela vai poder usar o tempo para refletir. E, quando sair, poderá encontrar trabalho em algum lugar. Tenho certeza de que o processo de reabilitação será de grande valor para ela. Terá registro criminal, é claro, mas o que queria?

Abriu uma das gavetas da mesa e tirou uma caixa de lenços de papel, entregando para ela.

Violet se mexeu na cadeira e pegou a caixa. As lágrimas começavam a transbordar. O que mais poderia dizer?

– Você não tem um pingo de compaixão? – sussurrou. – Prometo que Phillipa nunca mais vai sair da linha.

– Ela não vai conseguir quando estiver atrás das grades. Mas, por curiosidade, como vai fazer isso? Vai instalar câmeras na casa dela? Como solução a longo prazo, não funciona.

– Moramos juntas – disse Violet.

Ela esfregou os olhos. Surtar não era a melhor maneira de lidar com ele. Sabia disso. Homens como ele só entendiam a linguagem fria e cruel que usavam. Ele não apreciava choros femininos e não aceitaria o conceito de lealdade que a levou a confrontá-lo no próprio escritório.

Infelizmente, ser dura e agressiva não era algo natural para Violet. Ela podia ter o caráter que faltava à irmã, mas nunca teve o talento dela para o confronto.

– E eu nunca pensaria em espionar alguém. Ficaria de olho nela...

Mais fácil dizer do que fazer. Se Phillipa decidisse defraudar outra empresa, como Violet poderia evitar?

– Tenho feito isso desde que nossos pais morreram anos atrás...

– Qual sua idade?

As conexões em seu cérebro estavam começando a transmitir mensagens diferentes agora. Ele a encarava com cuidado. Os olhos dela estavam vermelhos e a boca ainda ameaçava tremer. Era o retrato do desespero.

– Vinte e seis.

– Você é quatro anos mais velha e acredito que tenha sido forçada a amadurecer muito rápido. Ela deve ter sido um prato cheio...

Pela primeira vez em semanas aquele sentimento de estar à deriva estava começando a evaporar.

Confusa com a mudança repentina da conversa, Violet encontrou aqueles fabulosos olhos azuis com uma expressão confusa. Ficou imaginando se era um prelúdio de outro sermão sobre lições a serem aprendidas com o encarceramento. Talvez ele estivesse prestes a fazer outra revelação, talvez fosse informá-la com voz fria, que Phillipa tinha feito mais do que flertar com ele. Já estava encolhida de medo com o que estava por vir.

– Ela saiu um pouco dos trilhos. – Violet apressou-se em falar, porque assim ele não dizia coisas que ela não queria ouvir. – Era compreensível. Éramos uma família bem próxima, e ela estava em uma idade crítica...

– E você não?

– Sempre fui mais forte do que Phillipa.

Ele ainda a encarava com olhar especulativo, uma expressão ilegível que a fazia se sentir desconfortável.

– Phillipa era mimada. Um lindo bebê que se transformou em uma adolescente estonteante. Eu era sensata, trabalhadora e prática.

– Você deve estar com calor de casaco. Por que não tira?

– Como?

– O aquecedor central está funcionando bem. Você deve estar transpirando.

– Por que tiraria meu casaco, sr. Carver? Quando já estou saindo? Já disse o que tinha para dizer e tentei apelar para sua bondade, mas você não tem nenhuma. Não tenho por que continuar aqui. Não importa o que eu diga, você vai me dizer que Phillipa precisa ser punida, que vai para a prisão e que vai sair mudada.

– Talvez tenha outro assunto em pauta...

Violet não ousou ter esperanças. Olhava para ele com descrença.

– Que assunto, sr. Carver? Você passou os últimos 45 minutos me dizendo que ela vai servir de exemplo para os outros funcionários e punida de acordo.

– Tire o casaco.

Ela hesitou. Por fim, levantou-se, ciente dos olhos dele nela. Lembrou-se de ele dizendo que a irmã tentara seduzi-lo. Ouviu a alegria em sua voz quando disse isso. Ficou imaginando o que pensou quando a viu sem sua capa protetora e lembrou-se de que isso era irrelevante. Viera para defender o caso da irmã e encontraria qualquer traço de compaixão naquele coração.

Damien observou aquele casaco desagradável revelar um vestido largo de mangas longas que era igualmente desagradável. Sobre ele, um cardigã solto que chegava até cintura.

– A pergunta é: com sua irmã podendo enfrentar a prisão, o que você estaria disposta a fazer por ela?

Ele deixou a pergunta no ar. Os olhos dela não eram do mesmo tom da irmã, ele pensou ao encará-la. Eram mais cor de violeta, combinando com o nome.

– Qualquer coisa – respondeu Violet. – Phillipa pode ter suas falhas, mas ela aprendeu com essa. Não apenas no sentido de tentar fazer algo que não devia, mas seus olhos se abriram com relação ao tipo de homens em que pode confiar ou não. Na verdade, nunca a vi tão devastada. Ela praticamente se trancou em casa.

Damien achava que alguns dias de reclusão autoimposta era um preço ridículo por um delito. Se essa era a definição de Violet Drew para a devastação da irmã, então, seus dons para julgar estavam realmente abertos a discussão.

– Faria qualquer coisa, então – disse ele indo até a janela e olhando para a paisagem cinzenta de inverno.

Virou-se, deu a volta e encostou-se na mesa.

– Bom ouvir isso, porque, se esse for realmente o caso, temos com o que negociar.

CAPÍTULO 2

– Negociar? Como?

Violet estava perdida. Será que pediria reembolso pelo tempo que seus funcionários passaram rastreando Phillipa? Se não houve perda financeira, ela não poderia ser responsabilizada por qualquer dívida e, mesmo que houvesse perda financeira, era impossível que conseguisse pagar. Só de pensar em todo o dinheiro que a empresa quase perdeu, sentia-se tonta.

Damien não gostava desse tipo de situação. Mas quais eram suas escolhas? Precisava provar para sua mãe que podia acreditar nele e contar com ele, em qualquer circunstância. Precisava tranquilizá-la. Se ela estivesse tranquila, as chances de responder bem ao tratamento aumentariam. Eleanor Carver queria que ele sossegasse ou acabaria se desgastando com as consequências, e isso não podia acontecer. Amava a mãe e, depois de anos de relacionamentos passageiros, era imperativo que a presenteasse com uma imagem de estabilidade.

A realidade sombria, porém, era que não tinha amigas. As mulheres em sua vida eram as que namorava e essas não serviam para a tarefa.

– Minha mãe foi diagnosticada com câncer.

– Sinto muito.

– Câncer de estômago. Está em Londres para exames. E você sabe, os resultados nunca são previsíveis.

– Não, mas o que isso tem a ver comigo?

– Tenho uma proposta para você. Que pode beneficiar a nós dois.

– Que tipo de proposta?

Damien olhava fixo para a mulher na frente dele. Sabia que isso era, no mínimo, questionável. Mas o fim não justifica os meios? Às vezes, você precisa pegar uma estrada diferente para chegar ao destino desejado.

E, agora, uma estranha, a quem não olharia duas vezes, estava prestes a ser introduzida ao seu mundo rarefeito para fazer um favor e ele sabia que ela não poderia recusar, porque seus instintos protetores pela irmã a haviam encurralado e deixado sem saída.

– Por algum tempo, minha mãe tinha certos, digamos, receios com meu estilo de vida.

Ele percebeu que nunca tinha verbalizado nada disso. Não era chegado a compartilhar confidências. Era tranquilizador saber que Violet Drew não contava como alguém com quem compartilhar confidências. Não estava envolvido com ela. E ela não iria usar o que ele falava para se insinuar em um relacionamento. E, mesmo assim, continuava hesitante.

Deixou de lado seu instinto de privacidade total. Afinal, não ia confessar um pecado mortal!

– Receios?

– Se está se perguntando onde isso vai chegar, precisa me escutar. O que vou dizer, porém, não sai dessa sala. Entendeu?

– O que vai dizer?

– Minha mãe é conservadora. Tenho 32 anos e, para ela, eu deveria estar em um relacionamento sério. Com determinado tipo de mulher. Sinceramente, o tipo de mulher que eu não olharia duas vezes.

– Que tipo de mulher você olha? – perguntou Violet, porque sua colocação precisava de mais elaboração.

Olhando para ele, a resposta se explicava por si.

– Digamos que eu tenha tendência a passar minha vida na companhia de belas mulheres. Não são do tipo que minha mãe acha adequado.

– Ainda não sei o que isso tem a ver comigo.

– Vou chegar lá. Minha mãe não vai viver muito. Ela quer me ver com alguém que considere o tipo certo de mulher. Não conheço ninguém que se enquadre...

De repente ela percebeu.

– E você acha que eu me enquadro?

Violet balançou a cabeça sem acreditar. Como alguém conseguiria acreditar que ela e esse homem estariam envolvidos? Romanticamente? Ele era bonito demais, e ela...

Mas esse era o ponto, não é mesmo? Embora o tipo dele fosse modelos de perna e cabelo longo, a mãe obviamente tinha um tipo diferente de garota em mente. Alguém mais normal. Provavelmente, nem mesmo alguém como ela, mas talvez tenha percebido que não tinha tempo para procurar alguém que mais adequado para o papel.

Damien observou-a absorver a informação.

– Nunca saí com ninguém do seu estilo antes, portanto, você serve.

– Desculpe, sr. Carver.

Violet ficou imaginando como alguém tão belo poderia ser tão frio. Olhou para ele e não conseguiu desviar os olhos, sentindo um arrepio.

– Para começar, eu nunca mentiria. E, segundo, se sua mãe conhece você bem, vai matar a charada.

– Srta. Drew, sua irmã vai enfrentar uma sentença para prisão. É o que você realmente quer? Quer mesmo que seja condenada aos horrores de uma cortesia permanente de Sua Majestade?

– Não pode me chantagear.

– Quem falou em chantagem? Estou dando a você uma opção bem generosa. Em troca de uns dias de pouca inconveniência. Tem minha palavra que não a denuncio. Sua irmã poderá aprender sem precisar sofrer as penas da lei, que você e eu sabemos que é o que ela merece.

Levantou-se, caminhou até a janela, olhou a paisagem e virou-se.

– Não quero que pense que não vou me esmerar para que sua irmã seja punida, caso decida dar uma de moralista.

– Isso é loucura.

Mas visualizava a bela Phillipa atrás das grades. Ela não teria força para sobreviver a isso. Era uma mulher que contava com a beleza para sobreviver e isso a deixava vulnerável. Talvez precisasse aprender, mas na prisão? Isso a destruiria e, se descobrisse que Violet tinha rejeitado uma oportunidade de salvá-la, será que a relação delas sobreviveria? Não havia nenhum familiar com quem contar, ninguém para pedir um conselho. Alguns primos no norte, velhos amigos dos pais, pessoas que não tinha contato.

– Ninguém faz isso – objetou. – Certamente sua mãe iria preferir que você saísse com o tipo de mulher que gosta em vez de com alguém que não gosta.

– Não é tão simples assim.

Damien passou os dedos pelo cabelo, inquieto, como se a necessidade de mais confidências fosse tragada dele.

– É claro que, se fosse um simples caso de minha mãe não aprovar minha escolha de mulher, seria lastimável, mas daríamos um jeito.

– Mas?

– Mas tenho um irmão. Dominic é seis anos mais velho que eu e vive com minha mãe em Devon.

Damien hesitou. Nove anos atrás, antes de o tempo e a experiência fazerem sua parte, ele se apaixonou tão estupidamente por uma mulher que chegou a pedi-la em casamento. Foram oito semanas de romance tempestuoso. Mas ela era inteligente, com uma carreira pela frente, alguém com quem ele imaginava conversas intelectuais. E, então, ela conheceu Dominic e ele soube, na hora, que tinha cometido um erro fatal de julgamento. Annalise tentou cobrir o desconforto e ele chegou a dar a ela o benefício da dúvida, até ela falar que não tinha certeza de estar pronta para comprometer-se. A mensagem foi alta e clara. Ela se comprometeria com ele, mas não se ele viesse com a bagagem de um irmão deficiente, alguém que precisaria de cuidados depois que a mãe não estivesse mais por perto. Desde então, ele mantinha relacionamentos curtos com as mulheres. Nunca as levava a Devon e só algumas conheceram sua mãe, mas somente quando ele não tinha escolha.

Ele lutava para manter essa parte de sua vida em total sigilo. Era um lugar para onde ninguém era convidado. No entanto, essas eram circunstâncias que ele nunca teria previsto e, gostasse ou não, teria que fornecer alguns detalhes à mulher à sua frente. Começou a andar pela sala enquanto Violet o observava distraidamente. Havia tantas coisas para processar que seu cérebro parecia ter desligado e seus sentidos tinham se intensificado para compensar essas deficiências, deixando-a ciente de cada contração dos músculos do corpo dele quando se mexia com graça ao seu redor. Precisou se virar na cadeira para enxergá-lo.

– Meu irmão nasceu com dano cerebral – disse ele abruptamente. – Ele não é um inválido, mas certamente não tem condições de levar uma vida normal no mundo externo. Vive em uma cadeira de rodas e, embora tenha lampejos de inteligência, é mentalmente incapaz. Minha mãe diz que ele ficou sem oxigenação quando nasceu. O problema é que ele é dependente dela, apesar de ter todos os cuidados que o dinheiro possa comprar. Ela acredita que ele precisa de um forte laço familiar.

– Entendo. Se você não estiver em um relacionamento estável com alguém que aprove, ela pode pensar que você não conseguirá cuidar do seu irmão se algo acontecer com ela.

– Em suma.

Olhando para ele, Violet não tinha ideia de como ele se sentia em relação ao irmão. Com certeza, se importava bastante para se sujeitar a isso. Mas seu rosto continuava impassível.

– Nunca é certo mentir para as pessoas – disse Violet e as linhas severas de seu rosto relaxaram em um sorriso cínico.

– Você não espera que eu acredite em você, não é? Quando tem o mesmo gene que sua irmã?

– Talvez haja outra forma de consertar o que Phillipa fez.

– Sabemos que você está cedendo ao que quero porque não tem escolha. Ironicamente, sua posição é parecida com a minha. Vamos nos comprometer com algo que não queremos pelo bem de outras pessoas.

– Mas quando sua mãe descobrir a verdade...

– Explicarei que não deu certo entre nós. Acontece. Antes disso, porém, ela vai ter oportunidade de acreditar que sou mais do que capaz de assumir minhas responsabilidades.

A cabeça de Violet girava. Ficou em pé, mas afundou de novo na cadeira. Ele tinha razão. Cederia porque não tinha escolha. Os dois sabiam disso e odiava o fato de ele não ter deixado que confrontasse isso.

– Mas isso não vai funcionar – protestou. – Nem mesmo gostamos um do outro...

– Gostar de mim não é parte do acordo.

Damien circundou-a, inclinou-se e colocou as mãos nos braços da cadeira dela, fazendo com que ela se esquivasse, sufocando com a presença física dele. Tudo nele era irresistível. Era impossível relaxar. Estava tensa demais.

– Mas sua mãe vai perceber na hora. Ela vai saber que é uma farsa.

– Ela vai ver o que quiser ver porque é o que as pessoas fazem.

Ele precisava que fosse assim. Sabia que não era um filho perfeito. Sua mãe nunca reclamou sobre o tempo que passava longe. Sempre foi compreensiva com a maneira que o trabalho consumia sua vida, deixando pouco espaço para outras coisas e quase nenhum para um relacionamento. Agora percebia como isso o deixou preguiçoso e como a introspecção era algo maravilhoso.

Afastou-se e olhou para o relógio.

– Pretendo visitar minha mãe hoje à noite. – Dessa vez, olhou para Violet com avaliação. – Acredito que concorda com o que sugeri.

– Tenho escolha? – disse com amargura.

– Todos temos escolhas. Nesse caso, talvez nenhum de nós esteja fazendo a que quer, mas – deu de ombros – a vida nem sempre é como queremos que seja.

– Por que não contrata uma atriz?

Violet olhou ressentida para ele.

– Não tenho tempo. Além disso, contratar alguém pode me trazer complicações se acharem que pode haver mais do que uma simples proposta de negócios. Podem ficar tentadas a continuar depois do trabalho terminado. Com você, os limites estão bem claros. Estou salvando a pele da sua irmã e você me deve. O fato de não me querer é um bônus. No mínimo, isso assegura que você não será um aborrecimento.

– Um aborrecimento, sr. Carver?

– Damien. Por mais que minha mãe seja ingênua, se me chamar de *sr. Carver* vai entregar o jogo.

– Como consegue ser tão, tão frio?

Damien ficou vermelho de raiva. Pelo que constava, estava lidando com uma situação com a maior eficiência. Retire toda emoção e nada fica obscuro, sem borrões nem áreas cinzas. A mãe estava doente e ansiosa a respeito dele, desesperada para que ele tivesse alguém que ela pudesse ver como uma âncora. Sua tarefa era dar descanso a ela. Era como ele lidava com os problemas que se apresentavam. Com calma, frieza e decisão. Era uma abordagem que sempre serviu bem e ele não mudaria agora.

Descartou toda confusão e vulnerabilidade. Sempre sentiu ser aquele com quem a mãe e Dominic poderiam contar. Depois da morte do pai, esforçou-se para enfrentar os desafios das responsabilidades muito além do que um garoto de 20 anos poderia encarar. Recusou todos os planos de folga e sacrificou o sonho de relaxar para que pudesse assumir as rédeas da empresa do pai. O único erro foi apaixonar-se por uma mulher que não era capaz de lidar com o quadro todo e, como consequência, desperdiçava seu tempo e energia em passatempos inúteis de autocrítica e dúvida. Superara há tempos, mas os sentimentos negativos nunca mais tiveram permissão para nublar seu pensamento. A indecisão não era algo que ele se permitia e não ia começar agora.

– Como escolho lidar com essa situação só diz respeito a mim. Seu papel não é dar opinião; é estar ao meu lado daqui a dois dias quando eu for visitar minha mãe. E você me perguntou o que quero dizer com aborrecimento.

Não tinha jeito de ela se tornar um risco. Eram duas pessoas que não podiam ser mais opostas. Se ela não dissesse a ele que não gostava dele, ele teria suspeitado sozinho. Estava no ressentimento por trás dos olhos dela e na linguagem corporal. É claro que ela se considerar coagida não ajudava, mas, mesmo quando entrou em seu escritório, ela não conseguiu disfarçar o desinteresse. Nenhum olhar recatado, nenhum meio sorriso encorajador, nenhum piscar de olhos agitado.

Ele não estava acostumado a uma reação dessas de uma mulher, em qualquer outra situação, ficaria satisfeito, mas não agora. Havia muito em jogo. Assim, ele deixaria sua posição bem clara.

– Um aborrecimento seria você imaginar que a farsa seria real, ter ideias...

A boca de Violet abriu-se e ela ficou vermelha. Não só a tinha chantageado como estava sugerindo, de forma arrogante, que ele poderia começar... o que mesmo? Pensar que ele estava interessado nela? Ou que ela estava interessada nele?

Ele era muito bonito, mas nunca se interessaria por um homem como ele. Tudo nele, tirando a beleza, lhe causava repulsa. Seus lábios estreitaram e ela olhou para ele com a mesma frieza.

– Isso não aconteceria nem em um milhão de anos. O único motivo de eu consentir é porque não tenho escolha. E como vou saber que vai manter sua parte no acordo? Como vou saber que não vai processar minha irmã depois de eu fazer o que você quer?

Damien inclinou-se para a frente. Cada linha de seu corpo a ameaçava.

– Como vou saber que não vai contar para minha mãe o que está acontecendo? Como vou saber que vai fazer o que precisa ser feito? Acho que poderia dizer que vamos ficar atrelados um ao outro por um curto período e vamos ter que confiar que nenhum de nós vai tentar se livrar de suas responsabilidades. Agora, precisamos discutir os detalhes.

Pegou o casaco que estava jogado no sofá.

– Hora do almoço. Vamos pegar algo para comer e começar a preencher as lacunas.

Ele esperava que ela o seguisse. Era assim com todas as mulheres? Por que elas suportavam isso? Precisou correr para alcançá-lo, passar pela secretária que os olhava com interesse após ele ter ordenado que cancelasse os compromissos da tarde e desceram ao saguão onde, mais cedo, estava em pânico esperando para conversar com ele.

Não podia deixar de notar que todos reconheciam a presença dele quando passava. As conversas paravam, as costas se endireitavam, os pequenos grupos dispersavam. Não havia dúvidas de que ele comandava o show e ficou imaginando se a irmã achava que se safaria por tentar roubar informações dele. Talvez ela nunca o tenha encontrado pessoalmente, mas Phillipa deve ter percebido que aquele homem era linha dura, mesmo que através de boatos. Mas estava ocupada demais perdendo a cabeça por um cara que visualizara uma maneira de fazer dinheiro na surdina. A irmã, por sua vez, se vira vítima da manipulação. Ela não devia estar raciocinando.

Colocara o casaco de novo, porque achou que sairiam para almoçar, mas pegaram o elevador para o estacionamento e ela o seguiu até um Aston Martin que ele abriu com o controle.

– Diga que tipo de comida você gosta – disse sem olhar para ela.

– Esse é o primeiro passo para fingirmos que nos conhecemos?

– Vai ter que mudar sua atitude. – Damien estava completamente concentrado no trânsito quando saíram do estacionamento no subsolo para a rua. – Duas pessoas em um relacionamento evitam críticas e sarcasmos. A que tipo de restaurantes gosta de ir?

Ele passou os olhos por ela e Violet sentiu um tremor que não conseguiu identificar, algo que deslizava por ela como um azougue, fazendo sua pele queimar e formigar com uma estranha sensação de *visibilidade*.

Era um acordo comercial. Estavam sentados nesse carro vistoso, estranhamente juntos em um esquema em que nenhum dos dois queria participar, mas a que eram forçados, e ela não tinha que ficar nervosa.

Precisava se recompor, mesmo que não gostasse do homem e que desprezasse sua ética.

– Não vou. Pelo menos não com frequência. Às vezes, depois do trabalho em uma sexta à noite. Sou professora de arte. Não tenho muito dinheiro para comer em restaurantes chiques.

Queria gargalhar. Não só não gostavam um do outro, como eram de lados opostos. Ele era rico e poderoso e ela, bem, ela estava quase sempre contando as moedas ou economizando, e o único poder era sobre crianças.

Ele não disse nada. Nunca saiu com uma professora. Saía com modelos que resmungavam que não eram bem pagas, mas era para a compra de carros esportivos top de linha ou de chalés na área de Costwolds. A maioria não era pega desprevenida com roupas baratas ou em restaurantes baratos. Ganhavam muito dinheiro para pavonear nas passarelas. Em suas cabeças, sempre havia um fotógrafo na esquina para apanhá-las parecendo qualquer coisa, menos belas e estando em qualquer lugar inaceitável.

– Quando você diz *chique*... – encorajou ele.

– O que chama de chique? – perguntou a ele, afinal por que deveria ser ela o foco sempre?

Ele deu o nome de vários restaurantes com estrelas Michelin que ela ouvira falar e ela riu divertida.

– Já li sobre esses lugares. Não acho que iria a algum deles, mesmo sendo uma ocasião especial.

– Mesmo? – murmurou Damien.

Ele mudou a rota.

– Mesmo. Sua mãe vai ficar muito curiosa em saber o que vemos um no outro. Como nos conhecemos em primeiro lugar?

Por alguns segundos, ela esqueceu o quanto o detestava e concentrou-se na incongruidade dos dois concordando.

– Quer dizer, você me viu saindo da escola onde trabalho e decidiu que queria conversar?

– Coisas estranhas acontecem.

Mas não muitas, pensou Violet.

– Onde vamos, afinal?

– Conhece o Le Gavroche?

– Não podemos.

– Por que não? Você disse que nunca comeu em um restaurante chique. É sua chance.

– Não estou vestida de acordo!

– Tarde demais.

Ele fez uma ligação rápida e um atendente saiu do restaurante para pegar as chaves do carro.

– Como muito aqui – explicou Damien em voz baixa. – Tenho um arranjo com alguém que estaciona meu carro e traz de volta se venho sem meu motorista. Você não pode usar o casaco durante a refeição. Tenho certeza de que o que está vestindo é perfeitamente adequado.

– Não, não é.

Violet estava chocada. O ambiente não era intimidador. Tinha, na verdade, um charme e elegância antigos que eram confortantes. Damien foi cumprimentado como um velho amigo. Ninguém a encarou. E, mesmo assim, Violet se sentia um peixe fora d'água. Estava vestida para o que achava seria uma entrevista difícil. As roupas que usava normalmente eram casuais, baratas e confortáveis. Não estava acostumada com o vestido desajeitado escolhido por ser cinza escuro e sem forma, escondendo o que ela imaginava ser um corpo roliço e fora de moda.

– Sempre fica tão desconfortável com sua aparência? – perguntou ele quando se sentaram.

Ele a analisava. Nunca vira um vestido tão desagradável.

– Além de garantir a liberdade de sua irmã, vai gostar de saber que se beneficiará do nosso acordo. Vou abrir uma conta para você na Harrods. Tenho alguém lá que negocia comigo. Vou passar seu nome e pedir que a espere. Escolha qualquer roupa que queira. Diria uma seleção de trajes apropriados para visitar minha mãe enquanto ela estiver no hospital.

Ele olhava para a expressão horrorizada dela e ergueu as sobrancelhas.

– Estou sendo realista – disse ele. – Posso explicar que os opostos se atraem, mas não tem como explicar a atração por alguém que não tem o menor interesse por moda.

– Como ousa ser tão rude?

– Não temos tempo para enrolação, Violet. Minha mãe não vai se importar com o que você usa, mas vai desconfiar se eu aparecer com alguém que não liga para aparência.

– Eu me preocupo com minha aparência!

Violet era calma por natureza, mas estava quase perdendo o controle.

– Você tem uma irmã que passa a vida virando cabeças e você reage se misturando ao ambiente. Não tenho formação em psicologia, mas você vai estar nos refletores por um tempo e vai precisar do guarda-roupa certo para ter sucesso.

– Não preciso disso.

– Vai embora?

Violet hesitou.

– Achei que não. Então, relaxe.

Ele empurrou o cardápio na direção dela.

– Você ensina arte em que escola?

Ele se recostou na cadeira, inclinou a cabeça para o lado e ouviu enquanto ela falava sobre o trabalho. Estava absorvendo cada detalhe. Quanto mais falava, mais relaxava. Ouvia as histórias dos alunos. Incentivava quando descrevia os colegas. Parecia fazer um ótimo trabalho por tão pouco retorno financeiro. Era uma garota trabalhadora e diligente, que dedicava tempo e esforço, enquanto a irmã bonita e leviana usava atalhos.

Violet percebeu que estava falando havia bastante tempo quando as entradas foram colocadas na frente deles. Prevendo uma refeição cheia de pausas, insinuações hostis e repressão, acusações veladas e contra-acusações, ela só pensava que ele era um bom ouvinte. Esqueceu-se da ofensa de que ela não cuidava de si mesma, que não tinha estilo e que precisava de um guarda-roupa novo. Ela queria salientar que vestir roupas de grife não era compensação por ter personalidade. Estava tentada a desprezar as mulheres que se definiam de acordo com o que vestiam ou que joias possuíam. Esforçou-se para frear os impulsos e dizer a si mesma que nada disso importava, porque nada era real. Não estavam embarcando em um processo de descoberta mútua. Estavam sendo supérfluos, coletando novos fatos, o bastante para levar a cabo essa farsa. Sendo assim, ela não precisava se defender nem se sentir ofendida com nada que ele dissesse. O pedido para comprar roupas novas não era diferente de um pedido para usar um uniforme em um novo emprego.

– Que tipo de roupas sua mãe esperaria que eu usasse?

Mais uma vez, Violet deu atenção à comida colocada na sua frente. Enfeitada, parecia uma obra de arte, e de dar água na boca.

– Não tenho muitos vestidos. Tenho muitos jeans, moletons e calças.

– Simples, mas requintada seria bom.

– E quanto tempo preciso representar?

Damien colocou o prato para o lado e inclinou-se, olhando-a com atenção. Aos negócios. Embora tivesse que admitir que ouvir sobre a escola estava divertido. Que diferença sentar-se com uma mulher que não estava interessada em flertar com ele debaixo da mesa. Ficou imaginando se ela já flertara com um homem, o que fez com que especulasse sobre o corpo que estava escondido sob aquele vestido horroroso. Era impossível dizer.

– Ela terá uma série de exames por uma semana. Talvez um pouco mais até o tratamento ser transferido para Devon.

– Espero que sua mãe esteja ansiosa para voltar para casa. Posso perguntar quem está com seu irmão?

– Temos uma equipe de cuidadores no local. Mas não precisa se preocupar. Você ficará por aqui enquanto ela estiver em Londres. Assim que ela for para Devon, sua parte estará terminada. Voltarei com ela e, nesse tempo, vou contar que não estamos mais juntos. Nesse ponto, pretendo mostrar a ela que não precisa se preocupar.

Analisou o rosto em formato de coração dela e seus olhos passearam pelo o volume de seus seios espremidos contra as linhas implacáveis do vestido austero que escolheu vestir.

Violet percebeu a mudança de sua atenção da análise sem emoção dos fatos para o corpo dela. Ela não sabia como percebeu, porque o rosto dele era ilegível, os olhos azuis não revelavam nada e, mesmo assim, simplesmente sabia e ficou chocada pela reação de seu corpo com uma intensa excitação que a chocava e confundia.

Diferente da irmã, o histórico de Violet com os homens poderia ser reduzido para caber através de um selo postal. Um relacionamento quase sério três anos atrás, que terminou amigavelmente depois de um ano e meio. Começaram como amigos e ninguém podia acusá-los de não terem tentado dar o próximo passo, mas, apesar de fazer sentido, ao menos no papel, não aconteceu. Voltaram à amizade de onde tinham partido. Continuaram em contato e, hoje, ele estava casado e vivendo um conto de fadas em Yorkshire. Violet estava feliz por ele. Ela abrigava o sonho de também ter seu conto de fadas. Tinha certeza de que saberia quem era no segundo em que ele entrasse em sua vida. Enquanto isso, evitava chamar a atenção, saía com os amigos e aproveitava a companhia dos rapazes que conheceu em um grupo. Não esperava ser jogada na companhia de um homem que não aprovava e por quem não sentia nada, a não ser antipatia. Certamente, não a excitação proibida que de repente percorria seu corpo. Era uma reação que ela rejeitava.

– Tem que concordar que vai lucrar muito com esse acordo.

Mais comida foi colocada na frente deles, embora ele não tirasse os olhos dela. Tinha uma pele incrível. Clara e acetinada, sem maquiagem, além do brilho labial que ele suspeitava fora aplicado correndo.

– Ainda não me contou onde nos conhecemos.

Violet olhava para baixo, concentrando-se no prato habilmente decorado, embora seu apetite geralmente robusto tivesse desaparecido. Estava consciente demais dos olhos dele sobre ela. Depois de perceber que algo a excitava na presença dele, essa excitação girava dentro dela com uma força negra persuasiva que ela não queria. Descobriu que precisava recuperar a compostura que precisava e desejava.

– Na sua escola. Parece a solução menos intrincada.

– Por que você estaria em uma escola em Earl's Court, sr. Carver? Desculpe, *Damien.*

– Conheço muitas pessoas, Violet. Incluindo determinado *chef* celebridade que atualmente trabalha em um programa de nutrição nas escolas. Como montei uma pequena unidade para administrar a abertura de três restaurantes, todos que terão na equipe os alunos desistentes que estudaram Economia Doméstica ou qualquer que seja o nome hoje, faz todo o sentido eu estar no prédio.

– Isso não é verdade, é?

Violet estava impressionada por ele ser mais do que um guru da informática.

– Quer dizer, envolvido em uma estrutura como essa...

– E por que acha difícil de acreditar?

Deu de ombros. Ele queria contar como estava satisfeito por encontrar essa fatia de trabalho quase filantrópico? Porque certamente não esperava ver muito lucro. Queria explicar que sabia como era ter alguém próximo que nunca se manteria em um emprego? Estava quase tentado a contar sobre seu plano de longo alcance para suprir projetos de TI dentro de sua empresa para um departamento que seria adequado para acomodar deficientes, porque sabia por experiência quantos deles eram capazes e entusiasmados, mas traídos pelos seus corpos que se recusavam a cooperar.

– Não precisa responder – ele repeliu qualquer inclinação para desviar do ponto –, não é um exercício de busca da alma. Nem temos tempo para muitos detalhes. Como eu disse. Sorria e deixe o resto comigo. Antes que perceba, você está estará no seu caminho e todos ficarão felizes.

CAPÍTULO 3

– Mas como você conseguiu? Sei que fico repetindo, mas é tão... incrível!

Phillipa estava sentada à mesa da cozinha de frente para Violet. Já havia terminado uma garrafa de vinho branco. Ela recebeu a notícia da indulgência inesperada de Damien Carver, no dia anterior, com descrença, incredulidade e raiva de que Violet poderia estar mentindo. Por fim, aceitou a ideia, embora Violet soubesse que suas explicações vagas não tinham convencido.

– Eu implorei – disse Violet pela milionésima vez. – Quando começou a beber? São só 17h30.

– Também estaria bebendo se estive na minha posição – Phillipa disse rabugenta, liberando as pernas que estavam cruzadas sob ela e levantando-se para se espreguiçar com movimentos preguiçosos e lânguidos, como um gato.

O estresse não afetou Phillipa como afetaria outras pessoas. Ela ainda estava maravilhosa. Embora não estivesse quente dentro de casa, porque o termostato estava controlado para economizar, ela vestia blusa e saia de seda. Violet deduziu que eram presentes que recebera de Craig quando ele a fez entrar no plano.

Pelo que Violet entendeu, ele tinha se afastado de Phillipa e negou saber o que ela tinha feito. Porém, ele ficou sabendo uma hora antes pela irmã, claramente alegre, que se recuperou bem da devastação, sem emprego e planejando sair do país. Ele não a tinha deletado do Facebook para evitar que ela planejasse maliciosamente seu progresso, mas, assim que ela postou uma mensagem informando ao mundo que ele era trapaceiro e canalha, e que se alguém acreditasse naquela porcaria de oportunidades melhores no exterior, seriam idiotas.

– Suponho que não o tenha persuadido a dar-me referências, não é? – perguntou esperançosa Phillipa, e Violet gemeu desanimada. – Certo, certo. Entendi. Mas, obrigada, maninha.

– Você não precisa me agradecer a cada dois segundos.

– Sei que sou um pesadelo.

Ela hesitou em servir-se de mais vinho e acabou pegando uma garrafa de água.

– Mas tive tempo para pensar em tudo e estou em contato com Andy. Posso tê-lo usado um pouquinho para conseguir aquele emprego, mas ele é um cara bom.

Um cara bom que não pensou com a parte certa do corpo quando deu a você uma referência duvidosa, pensou Violet.

– E ele foi demitido – continuou Phillipa.

– Ele ficou zangado com você?

Ela balançou a cabeça, relutantemente satisfeita com o meio sorriso da irmã.

– Ele me adora.

– Mesmo depois do fiasco de Craig Edwards?

– Expliquei que eu não estava pensando direito. Bem, todos nós cometemos erros, não? De qualquer maneira, como estamos os dois sem emprego, decidimos juntar nossos recursos.

– E fazer o quê?

– Não fique nervosa, ele tem um amigo em Ibiza e vamos tentar por lá. Trabalhar em um bar. De DJ, muitas oportunidades. Fiquei com todas as coisas que ganhei daquele canalha; por que eu deveria devolver? Quando ele quase me colocou atrás das grades?

Violet sentou-se pesadamente e olhou para a irmã. Como um casal, estavam juntas para o que desse e viesse desde que os pais morreram. Estava com 26 anos e não sabia o que era viver sozinha, sem precisar conviver com outra pessoa, sem precisar se comprometer, ou moldar suas necessidades às da irmã. Phillipa sempre fez o que queria e Violet juntava os pedaços quando necessário. Era o ombro amigo, a voz da disciplina, o pai rabugento, a parte preocupada.

– Quando partem?

– Vou para Leeds de manhã. Partimos de lá. Andy conseguiu alugar o apartamento dele. Você não se importa, não é?

– Acho perfeito.

Sua mente já estava na tarde seguinte, quando conheceria a mãe de Damien no hospital. Ela percebeu que estava segurando a respiração, preocupando-se com a possibilidade de Phillipa fazer perguntas, exigindo saber aonde iria. Trancada em casa, ainda sofrendo a perda do emprego sob circunstâncias infames, Phillipa estava entediada e inquieta, uma combinação letal já que Violet estava tentando manter segredo. Se Violet conhecia as fraquezas de Phillipa, a irmã também conhecia as suas e não guardar segredo era uma delas. Ao menos agora, teria uma coisa a menos com o que se preocupar.

E, talvez, esse fosse o caminho. Não havia sempre um ponto em que os laços deveriam ser cortados?

Pensou nas colocações de Damien sobre a relação dela com a irmã e rangeu os dentes para bloquear as imagens mentais dele que pareciam proliferar velozmente. Não se lembrava de ninguém já ter entrado na sua cabeça dessa maneira. Desde que saíram da empresa, pensava nele metade do tempo e ficava furiosa por nem todos os pensamentos serem negativos. Lembrava-se das palavras frias e arrogantes que saíam da boca dele e, ao mesmo tempo, de como aquela boca era sexy, e não podia deixar de recordar dos braços fortes e do cabelo escuro e crespo ao redor da pulseira prata de seu relógio.

Entusiasmou-se com a reposta positiva de que Phillipa estaria fora. Ibiza seria ótimo! Estava cansada do tempo inglês de qualquer maneira! O cenário da casa noturna era brilhante! Ela sempre quis trabalhar em uma! Ou em um bar! Ou em qualquer lugar onde computadores não estivessem em evidência.

Ela saiu cedo na manhã seguinte, com promessas de que manteria contato e dizendo que retornaria para pegar suas coisas, embora pudesse comprar por lá, pois precisaria apenas de camisetas, shorts e biquínis.

Sem a conversa ininterrupta da irmã, Violet estava reduzida a se preocupar com a reunião com Damien.

Ele tinha enviado uma mensagem de texto dizendo que a encontraria no saguão do hospital.

Horário de visita às 17h foi a mensagem. *Encontre-me dez minutos antes, sem atrasos.*

Se a brevidade do texto era para lembrá-la da dívida e deixá-la mais nervosa, ele conseguiu. Na hora de ir para o hospital, estava um caco. Passou horas pensando no que vestir. Rejeitou a oferta de um guarda-roupa novo da Harrods e acabou ficando apenas com roupas casuais, sendo que um dos seus três vestidos foi usado na entrevista com ele. Dando uma olhada na internet, ela pode ver o tipo de mulher com quem ele saía. Belas, altas, de pernas compridas. As legendas informavam que eram todas modelos. Reconheceu algumas das revistas. Era surpresa ele ter sugerido um novo guarda-roupa para ela? A mãe dele teria que aceitar o conceito de que opostos se atraem se eles conseguissem levar adiante essa farsa. Ela era baixa, com cabelo longo e indisciplinado que resistia a todas as tentativas de serem domados e, como descobriu após cinco segundos na presença dele, não era o tipo de garota servil que ele preferia.

Ela vestiu jeans. Jeans, um suéter creme e as botas de pele, que eram confortáveis.

Ele esperava por ela no lugar combinado no hospital. Violet localizou-o de imediato. Estava de costas para ela e examinava algumas revistas em uma lojinha perto da entrada.

Por alguns segundos, ela teve uma estranha sensação de paralisação. Quase não conseguia caminhar. O coração começou a bater mais forte, a boca ficou seca e ela sentia seu corpo transpirar. Ficou se perguntando como se esquecera de seus ombros largos. Ele havia tirado o casaco e o segurava sobre o ombro com um dedo. A outra mão estava no bolso da calça. Mesmo no ambiente de um hospital, onde as pessoas estavam escondidas em seus próprios mundos particulares de ansiedade e preocupação para perceber algo ou alguém ao seu redor, ele ainda recebia olhares interessados.

Ele se virou e Violet não se mexeu enquanto ele estreitava o olhar sobre sua figura vacilante. Ela ainda estava com o casaco sem forma e volumosos com que fora no escritório falar com ele, mas agora o cabelo claro estava solto e descia sobre os ombros em ondas douradas. Contrastava com o casaco preto. Ele duvidava de que ela já tinha ido ao cabelereiro para algo mais do que um corte básico e, mesmo assim, ele sabia que havia mulheres que dariam um braço ou uma perna para conseguir aquele efeito vibrante natural dela.

– Você chegou na hora – disse indo até ela, que instintivamente recuou. – Minha mãe está ansiosa por conhecer você. Vi que não aproveitou a oferta de um banho de loja.

– Acho que ou as pessoas gostam ou não gostam de mim, mas felizmente não será devido ao que eu visto.

Começou a caminhar ao lado dele. Embora ela tenha tentado manter uma distância saudável, havia um magnetismo nele que parecia querer aproximá-la, uma atração poderosa que desafiava a razão. Precisou resistir ao desejo de ficar olhando para ele.

Ele estava explicando que a mãe queria saber tudo a respeito dela, que ele não tinha entrado em detalhes, mas não tinha inventado nada. Falou que ela ficou intrigada por saber que estava namorando uma professora.

– E nos conhecemos no refeitório da escola? – perguntou Violet enquanto caminhava rápido para acompanhá-lo.

– Pensei em deixar isso com você, para dar o toque romântico – disse Damien ironicamente.

– Você não fica incomodado por mentir para sua mãe?

– Ficaria mais incomodado por pensar que a saúde dela poderia estar comprometida porque está preocupada com minha estabilidade.

Ele baixou o olhar. Ela mal chegava ao seu ombro. Sentia a relutância dela e se maravilhava por ela ficar tão moralmente indignada com uma simples farsa que estava sendo feita com a melhor das intenções e, mesmo assim, perdoava a irmã que tinha cometido uma fraude muito maior. Ele se perguntava se isso era o resultado da dinâmica familiar. Da mesma forma que a curiosidade surgiu em sua mente, ele a apagou. Não estava acostumado a aprofundar-se nas motivações femininas. Gostava de mulheres e ficava feliz em seguir adiante antes que uma simples diversão virasse uma complicação. E essa não era para ser apreciada, era? Na verdade, diversão não estava na sua lista com Violet Drew.

Pegaram o elevador até o andar onde Eleanor Carver tinha um quarto privativo. Era um hospital escola imenso com um número confuso de elevadores, parecia que cada um tinha um destino diferente e exclusivo para cada especialidade.

– Não sei nada sobre você – disse Violet com um pânico repentino. Fez com que parasse antes de entrarem no quarto, onde a mãe dele estava esperando. – Quer dizer, sei de seu irmão, mas onde você cresceu? Onde estudou? Como são seus amigos? Você tem amigos?

Ela o puxou para o lado, onde eram empurrados contra a parede enquanto o hospital fervilhava ao redor deles.

– É o tipo de coisa que vai deixar minha mãe desconfiada – murmurou Damien, olhando nos olhos violeta dela. – Uma namorada que acha que o cara é um perdedor que não consegue nem ter amigos. Você deveria estar louca por mim.

Ele passou o dedo pelo rosto dela e, por alguns segundos, Violet congelou. Ela literalmente achou que não fosse conseguir respirar. O barulho e a algazarra ao redor dela viraram um som indistinto. Ela ficou imersa naqueles olhos azuis que perfuravam os seus e a levavam a uma série de reações que a assustavam e excitavam ao mesmo tempo. Ainda sentia na pele o toque dele e, tardiamente, afastou-o, encarando-o.

– O que está fazendo?

– Eu sei. Doido, não? Na verdade, estou tocando a mulher que deveria estar loucamente apaixonada por mim. Você não achou que a farsa envolveria apenas sentar-se do outro lado da cama e conversar por meia hora, pensou?

– Eu... eu...

– O gesto de afeição pode ser necessário. Isso vai ajudar no fato de sermos praticamente estranhos.

Damien afastou-se da parede em que estava escorado. Pensou em Annalise, a esposa que nunca aconteceu. Tinha se iludido ao pensar que a conhecia. Na verdade, descobriu que não sabia nada dela. Tomara-a por sua aparência. Comprometera-se com a bela mulher muito inteligente com uma carreira e percebeu que era uma alpinista social em ascensão. Assim, o fato de que ele e sua namorada eram estranhos, não chegava a tornar a união menos crível.

Violet não confiava em gestos de afeição. Ela ingenuamente deduzira que ficaria sentada do outro lado de uma cama de hospital conversando com a mãe dele.

– Não precisa ficar tão desconfortável – disse ele com indolência.

– Não estou desconfortável. – Ela se apressou em responder. – Só não pensei nesse lado.

– Não existe nenhum lado. Existe uma simulação de afeição.

– Ah, sim. Esqueci. Você gosta de mulheres que se vestem com grifes e têm corpos de girafas.

Damien jogou a cabeça para trás e soltou uma gargalhada, algumas cabeças se voltaram para eles.

– Está ofendida por não ser meu tipo?

Pensou em Phillipa. Como duas irmãs conseguiam ser tão diferentes? Uma arrogante e narcisista, a outra hesitante e envergonhada. Mesmo assim, curiosamente, muito mais genuína. Intrigante.

Violet ficou vermelha de raiva.

– Acho que já estabelecemos que você também não é o meu tipo! – disse alterada. – Podemos entrar agora?

– Seu pânico acabou?

– Não gosto de você, sabia disso?

– Você parece um pit bull.

– Obrigada.

– E, entrar no quarto com essa expressão de raiva não vai funcionar.

A boca de Violet estava entreaberta, preparada para responder adequadamente àquele sorrisinho presunçoso no rosto dele. A boca de Damien cobriu a dela com uma gentileza erótica que tirou o fôlego. Ele delicadamente abriu caminho e sua língua na de Violet era uma invasão que a atingiu com a força de um furacão. Foi o beijo mais sensacional que ela já recebera e tudo o que queria fazer era puxá-lo para perto. Sua pele ardia e ela sentiu a umidade entre suas pernas. Queria que o chão se abrisse e a engolisse quando ele gentilmente se afastou para abrir a porta do quarto da mãe.

Sorria abertamente quando entraram e ela parecia uma mulher completamente apaixonada. O beijo foi na hora certa e no lugar certo, e o rosto vermelho dela, a respiração irregular e as pupilas dilatadas contavam uma história que não tinham fundamento de fato.

Ele queria que a mãe acreditasse que estavam apaixonados e Violet indignou-se ao perceber que tinha conseguido com um único beijo. Eleanor Carver sorria para os dois, os braços estendidos em um gesto receptivo.

Era menor do que Violet esperava. Enquanto o filho tinha mais de 1,80m, Eleanor tinha estatura baixa. Ela parecia frágil em contraste com os lençóis, mas os olhos eram afiados e inquisidores.

– Não se emocione, mamãe. Sabe o que o médico disse.

– Ele não disse nada sobre emocionar-me! Além disso, como posso evitar quando você traz essa garota encantadora para eu conhecer?

Violet ficou parada e observou Damien preocupado com a mãe. Ele era grande e poderoso, e, mesmo assim, havia gentileza nele quando se curvava para beijá-la no rosto e arrumá-la nos travesseiros. Era como se reduzisse o passo para acomodá-la e isso deixou Violet com um nó na garganta.

– Ele parece uma galinha cuidando de seus pintinhos, agora que estou confinada aqui.

Eleanor sorriu e acariciou a mão dele.

Violet sorriu de volta e achou que ele parecia mais uma raposa no galinheiro do que a galinha inocente. Como se pudesse ler sua mente, Damien sorriu para ela com as sobrancelhas arqueadas.

– Violet seria a primeira a concordar que sou um poço de sensibilidade.

Aproximou-se dela, que tentou não enrijecer em sinal de alerta quando ele passou o braço ao redor dela.

– Não tenho certeza de que seja essa a descrição que tenho em mente.

Violet desabotoou o casaco e tirou-o. Passou por ele e foi até a cadeira ao lado da cama.

Ainda sorrindo, enquanto imaginava o que ela poderia estar pensando dele, não estava preparado para a silhueta de ampulheta que tirou seu fôlego por alguns minutos. Não era o que ele esperava. Esperava alguém acima do peso, desalinhada. Alguém que talvez pudesse perder uns quilinhos. Seria porque suas expectativas eram muito diferentes das curvas voluptuosas que se apresentava que sentiu uma repentina resposta dolorosa? Ou sua dieta de mulheres magras, de pernas longas o deixou vulnerável à silhueta curvilínea, de seios fartos que já assombrou seus sonhos adolescentes cheios de testosterona?

Com o canto do olho, percebeu que a mãe o observava e parou de encarar e ficou atrás de Violet para poder colocar as mãos sobre os ombros dela.

Dessa posição, ele não se sentia culpado por apreciar seus seios generosos. Ela era pequena em estatura e tinha uma inocência positiva, comparado às mulheres duras, cosmopolitas e sofisticadas que ele namorava. Não fazia ideia de como fazer os joguinhos que acabavam na cama. Ele achava que, se ela sabia, recusava-se a jogar. Assim, sua sensualidade era ainda mais excitante. Por trás dela, mal conseguia desviar os olhos de sua beleza.

Não podia ser assim. Isso não era atração ou sexo. Era um arranjo e ele não precisa se complicar porque seus níveis de testosterona resolveram subir.

Puxou a outra cadeira e sentou-se ao seu lado, porque a visão dela o distraía.

A mãe tinha começado com as lembranças da infância dele. Sabia que seria impossível interrompê-la, deixou que continuasse. Não a via animada desde o diagnóstico e, enquanto ela falava, não fazia perguntas. Por fim, olhou para o relógio e tossiu, indicando que era hora de ir embora. Tinha que admitir que Violet se saíra bem. Mostrara interesse em cada história que a mãe contara e incentivava com seus comentários, que eram curtos. Ao observá-la com o canto dos olhos, conseguia apreciar o que não tinha visto antes, quando estava ocupado demais em colocar o plano em ação, determinar regras e limites. Ela era uma pessoa naturalmente empática e carinhosa. É o que deve tê-la levado a falar com ele em defesa da irmã, ao assustar-se com a situação. Era o quer fazia com que sorrisse com um calor genuíno para sua mãe, quando triunfantemente atingiu o clímax da história que o envolvia, dois amigos e uma sacola de sapos.

– Precisamos mesmo ir, mamãe. Você não pode se cansar.

– A vida vai ser muito limitada para mim se não puder me empolgar e não puder me cansar, querido. Além disso, tem muita coisa que quero saber de vocês.

Violet olhou de relance para o perfil duro de Damien e a memória daquele beijo espiralou por ela, fazendo-a enrubescer. É claro que ele não se excitou. Tinha deixado bem claro em mais de uma ocasião que namorava supermodelos. Foi escolhida para o papel porque estava à mercê dele e não era nenhuma supermodelo. Ele a beijou com um objetivo. E funcionou.

Ela ficou envergonhada por ter se excitado. Encolheu-se horrorizada por querer que o beijo continuasse. Ficou se perguntando para onde tinha ido seu orgulho quando poderia ser refém de um homem que detestava, para fazer algo que desaprovava e, mesmo assim, com um único toque, descobrir que sua força de vontade tinha se reduzido a nada.

– Damien me contou por alto como vocês se conheceram. Disse que foi alguns meses atrás, mas que não quis dizer nada com medo de expor a relação.

– Contou? – Violet olhou para ele, com as sobrancelhas erguidas. – Não percebi que você se sentia tão… vulnerável. – Sua voz era suave.

Damien pousou a mão sobre a dele e acariciou seu polegar, acelerando sua pulsação, mas, com os olhos de Eleanor sobre eles, Violet continuou sorrindo.

– É uma característica adorável, não é? Querida? – ele murmurou, olhando-a direto nos olhos e colocando a mão na nuca, acariciando seu cabelo.

– Então, como se conheceram? – perguntou Eleanor curiosa.

– Querida – Damien continuava a acariciá-la até que todo seu corpo formigava em resposta irritante –, por que não conta para a mamãe sobre nosso primeiro encontro romântico?

– Não foi assim tão romântico.

Violet tentou se afastar das atenções de sua mão, o que foi um erro, pois ele desviou a atenção do cabelo para sua coxa.

– Na verdade, quando conheci seu filho, achei ele fosse rude, arrogante e mandão.

Damien respondeu apertando sua coxa gentilmente em alerta.

– Ele veio até a escola para uma reunião com nosso diretor de Economia Doméstica.

A pressão na perna estava ainda mais insistente, mas, em vez de fazê-la parar, estava surtindo o efeito oposto. Como seu corpo conseguia ser tão voluntário? Quando isso tinha acontecido? Sentiu-se zonza com uma excitação sombria e proibida que ia contra todo bom senso. Queria fechar suas pernas para interromper sua resposta líquida, mas estava com medo que fosse dar na vista e ele saberia o que estava acontecendo com seu corpo. Ele não era nada parecido com os caras que conhecia.

Era um homem do mundo e, mesmo o conhecendo pouco, suspeitava que sabia muito bem o que se passava na mente feminina. A ideia de ele perceber que ela o achava sexualmente atraente era humilhante.

– Lembra como você foi arrogante com a pobre srta. Taylor? – perguntou, marcando pontos e tentando ignorar o que sua mão fazia com ela.

Fora da visão da mãe, devido à posição das cadeiras, ele pousou a mão na coxa dela pouco abaixo de onde suas pernas se encontravam. Quando pensou na sensação da mão ali, se caso estivesse com a pele descoberta, e ele pudesse acariciar seus pelos com os dedos, seu cérebro saiu do sério.

– Todos tínhamos a impressão que você era importante demais para desperdiçar seu tempo em uma escola, porque o CEO não conseguiu ir. Admito, sra. Carver, que minha primeira impressão de seu filho foi que ele era arrogante, metido, mandão, completamente insuportável, se quer saber a verdade.

– E, mesmo assim, você não conseguiu tirar os olhos de mim – murmurou Damien com uma retaliação rápida.

Ele sorriu e inclinou-se para beijar o canto de sua boca, sem tirar a mão de sua perna.

– Não pense que não percebi quando você achou que eu não estava olhando.

– *Idem* – balbuciou Violet em resposta, porque, o que mais podia fazer, a não ser lançar um ataque mordaz, pois tudo era horrível nele?

– Verdade. Damien permitiu-se olhar para ela com olhos especuladores. – Como eu poderia adivinhar que por baixo das roupas sem forma dela havia uma deusa do sexo?

Violet ficou muito vermelha. Ele estava brincando? Continuando com o sutil duelo de palavras deles? Estava rindo dela? O que mais?, perguntou-se, ardente sob o escrutínio dos olhos azuis dele. Continuou olhando para a mãe dele, com um sorriso que já fazia sua mandíbula doer, mas cada centímetro seu estava atenta a Damien, que estava cem por cento focado nela. Ela sentia o poder dele como um ferro de marcar em sua pele.

– Dificilmente uma deusa do sexo. Não precisamos mentir – murmurou ela com uma risada tímida, interpretando o casal apaixonado inclinando-se na direção dele e aproveitando para tirar a mão dele de sua perna.

– Você é exatamente o que meu filho precisa, Violet – confidenciou Eleanor com satisfação. – Todas aquelas garotas com quem ele saía. Acredito que conheça o passado de Damien?

– Mamãe, por favor. Não precisa disso. Violet sabe muito bem o tipo de garota com quem eu saía, não sabe, querida?

– E acho tão estranho quanto a senhora que alguém tão inteligente como seu filho seja atraído por garotas que não têm nada na cabeça. Porque foi o que você contou, não é, benzinho? Tenho certeza de que eram muito bonitas, mas nunca entendi como pôde achar um desafio sair com manequins?

Damien sorriu lentamente e com apreço para ela. *Touché*, pensou ele. Ela estava desajeitada e estranha na missão desesperada para salvar a pele da irmã, mas ele percebeu que aquela não era Violet. Carinhosa e empática, sim, ficou evidente com o jeito que interagia com a mãe. Também estava preparada para ser tripudiada por ele se isso ajudasse a irmã. Contudo, livre da limitação de ter que ceder Damien na presença da mãe, sua verdadeira personalidade estava surgindo. Tinha raciocínio rápido, era inteligente e não ficava criticando com um sorriso disfarçado e o olhar casual que tentava dissimular paixão.

Ele gostava disso. Era uma mudança das modelos vazias. Com certeza, a farsa não aparentava ser tão ruim quando ele imaginara e Violet era criativa quando se tratava de lidar com o inesperado. Não tinha dúvidas de como explorar bem um mau negócio. Então ela achou que teria um pouco de si mesma divertindo-se com ambiguidades e colocações dúbias? Bem, os dois podiam jogar e certamente acrescentar um pouco de tempero.

– Você está certa, querida. – Os olhos astutos de Eleanor iam de um para o outro.

A linguagem corporal deles, a interação, o filho estava encaminhado, mas onde Violet Drew se encaixava? Como um mulherengo inveterado como ele seria domesticado por uma professora de escola que parecia disposta a trocar socos? E, onde estavam as avoadas que o rodeavam? Mudanças repentinas no apetite sempre eram indício de problemas como seu médico a alertara. O que estava por trás da mudança de apetite do filho? Pela primeira vez, Eleanor Carver foi distraída de sua ansiedade sobre seu câncer. Gostava de palavras cruzadas e sudoku. Adoraria desvendar esse enigma.

– É claro – ela baixou o olhar para o anel de casamento em seu dedo e girou-o pensativa – que havia Annalise, mas acredito que já saiba sobre ela, não?

Bocejou delicadamente e desculpou-se com um sorriso exausto.

– Talvez possam voltar amanhã? Minha queria, foi um prazer conhecê-la. – Ela acariciou o mão estendida de Violet. – Estou ansiosa para conhecer você melhor, bem melhor. Quero saber tudo sobre a garota por quem meu filho se apaixonou.

CAPÍTULO 4

QUEM ERA Annalise?

Violet estava satisfeita por não perguntar assim que saíram do quarto da mãe de Damien. Não sabia, não se importava e só ficaria na companhia dele por pouco tempo.

Porém, o nome ficou em sua cabeça durante a semana seguinte, já que as visitas ao hospital viraram rotina. Encontravam-se no mesmo local, trocavam algumas afabilidade sem significado a caminho do elevador e interpretavam pelos próximos 90 minutos. Era um jogo que ela achava menos árduo do que temia. Eleanor Carver tornava a conversa muito fácil. Aos poucos, Violet ia descobrindo a vida de uma garota que crescera em Devon, filha de pais aristocratas. A infância foi em meio a cavalos e tendo acres de terras como jardim. Ela não foi para o internato porque os pais mimavam a filha única e se recusavam a mandá-la para lá. Assim, ficou por lá até os 17 anos, quando conheceu e se apaixonou pelo pai de Damien, um espirituoso imigrante, metade italiano, que perambulava por Londres com muito pouco a oferecer, a não ser ambição, excitação e amor. Eleanor decidiu em segundos que todas as três eram melhores do que uma graduação em história. Lutou contra os pais, recusou-se a ceder e saiu da mansão da família para um pequeno chalé não muito longe. No devido tempo, os pais apareceram. Rodrigo Carver podia não ser a primeira escolha, mas ele os impressionou rapidamente. Ofereceu conselhos comerciais na propriedade da família quando as fortunas começaram a entrar em crise e o conselho foi bom. Tinha cabeça boa para investimentos e passava dicas para Matthew Carrington, que via os lucros aumentarem. Em troca, Matthew deu uma chance ao diamante bruto que era seu genro e emprestou dinheiro para abrir um negócio de fretes. Daquele momento em diante, o meio imigrante italiano tornou-se tão próximo dos sogros quanto a própria filha.

Violet achava que Eleanor Carver acreditava em contos de fada por causa de sua experiência pessoal. Romances com pessoas de lugares e origens diferentes... uma batalha contra as improbabilidades. Por isso aceitou o repentino amor do filho por uma mulher que poderia ser de outro planeta?

Ela fez essa pergunta a Damien e ele deu de ombros, dizendo que nunca considerou isso, mas que fazia sentido. Então acrescentou que ela devia estar aliviada por ter sido apresentada a uma mulher que não saia correndo ao pensar em galochas, lama e campo.

Certa vez, Violet chegou mais cedo ao hospital e ficou olhando as revistas quando o ouviu dizer por sobre o ombro dela:

– Não achei que você se interessasse pelo estilo de vida dos ricos e famosos.

Ela se virou, o coração batendo rápido, e, naquele segundo, se deu conta de que a hostilidade e o ressentimento se transformaram em algo mais durante o percurso. Não tinha certeza, mas o repentino lampejo de excitação a deixou corada. Quando começou a ansiar pelas visitas? Qual tinha sido a linha divisória entre não se importar com o que vestia porque não faria diferença e escolher com calma algo pensando nele? Sempre se sentia o pardal ao lado da plumagem da irmã. Não podia competir e nunca tentou. Escolhia largo em vez de justo, e abotoado até em cima em vez de revelador, porque ser pega tentando vestir para impressionar era superficial e contraproducente. Quando isso mudou?

Tudo o que diziam naquele quarto e toda demonstração de afeição eram puramente inventados pelo bem da mãe de Damien e, mesmo assim, ela se lembrava de cada toque. Não se assustava mais quando a mão dele deslizava por sua nuca. Alguns dias atrás, ele colocou casualmente uma mecha de cabelo dela atrás da orelha e ela se pegou olhando para ele, com a boca meio aberta, paralisada por uma consciência confusa, como se tivessem sido trancados em uma bolha enquanto o resto do mundo desaparecia. A mãe dele quebrou aquele encanto momentâneo, mas estava ficando evidente que os limites estavam sendo transpassados. Não sabia o que fazer. Teria que descobrir por quanto tempo a farsa continuaria. Sim, tinha feito um acordo, mas não significava que ela não poderia saber quando terminaria. Sua vida estava em espera enquanto fingia ser a namorada dele. Precisava descobrir quando voltaria para a realidade.

– Não nos interessamos todos? – disse ela dando um passo para trás e batendo em alguém.

Atrapalhada, murmurou desculpas e olhou direto nos olhos divertidos de Damien. Normalmente ele vinha direto do trabalho. Hoje era uma exceção. Não estava de terno, vestia jeans pretos e um suéter creme. Ela não conseguia tirar os olhos dele.

– Desculpe. Devo comprar a revista para você?

Violet se deu conta de que ainda segurava a revista, mas não queria comprá-la.

– Obrigada, mas não precisa. Eu ia comprar.

– Por favor. Permita-me.

Ele fez todo um show olhando a capa da revista.

– Saí com ela – ponderou ele, mas seu interesse parou logo após folhear a revista.

Se isso era para trazê-la de volta à terra, foi bem-sucedido, e Violet ficou furiosa consigo pelo tempo que levou para escolher o jeans e o suéter. Desde que ele comentara sobre seu corpo e, mesmo que significasse ser em prol de sua mãe, ela escolhia os suéteres mais justos para vestir, aqueles que beneficiavam seu tipo físico. Agora foi lembrada do tipo de corpo que ele olhava e que não era o dela.

– Qual o nome dela?

Violet ficou pensando se era a tal Annalise que a mãe dele lançara na conversa na primeira noite.

– Jessica. Na época, ela queria desfilar. Parece que conseguiu.

Pagou pela revista e entregou a ela.

– Não é de se surpreender. É muito bonita.

E, muito tempo atrás, pensou Damien, ela teria englobado tudo o que ele buscava em uma mulher. Submissa, ornamental e inevitavelmente descartável.

Ele baixou o olhar para a loira briguenta que o encarava com faces coradas e uma expressão desafiadora e fria, e sentiu aquela pontada conhecida na virilha. A complicação que ele estava determinado a excluir se provava difícil de controlar. Ele ficava imaginando se era porque a rejeição não era algo que ele precisava praticar quando se tratava do sexo oposto. Quando planejou tudo, não tinha ideia de que se veria à mercê de uma libido caprichosa. Olhara para a mulher honesta e implorando em desespero na cadeira do seu escritório e a vira como uma possível solução para o problema que o aborrecia. Nada nela se mostrava um desafio. Não havia um pingo de dúvida de que ela seria menos submissa do que seu exterior havia sugerido.

Embora fosse sua culpa o julgamento inicial ter alguns furos, ainda sabia que os limites do que estavam fazendo precisavam ser mantidos, apesar de estar sendo mais desafiador do que o esperado. Cada vez que a tocava, com seus gestos simulando amor e afeição, ele sentia uma espécie de descarga elétrica no braço. Esses breves lapsos de autocontrole eram perturbadores. Agora, saindo da loja do hospital, ele a parou antes de pegarem o elevador.

– Precisamos conversar antes de subir.

– Tudo bem.

Seria uma atualização sobre quanto tempo o jogo continuaria. Talvez ele tivesse uma resposta do médico sobre a linha de tratamento que seguiriam. Quando ela pensou no fim de sua rotina, sua mente ficava vazia e precisava lembrar-se de que poderia não terminar tão cedo.

– Poderíamos ir ao refeitório, mas sugiro outro lugar que não dentro do hospital. Tem um café na outra rua. Disse à minha mãe que chegaríamos mais tarde hoje.

– Ela não teve nenhuma recaída, né? – perguntou preocupada, caminhando ao lado dele. – Alguns dias atrás, sua mãe disse que estavam todos satisfeitos com como as coisas estavam progredindo, que parecia que o câncer tinha sido pego a tempo, apesar da demora para começar o tratamento.

– Nenhuma recaída, mas minha mãe ficaria emocionada por saber que está preocupada. Está mesmo? Porque só estamos nós dois aqui. Não precisa dizer nada que não queira, nem impressionar.

– É claro que me preocupo. – Parou-o com uma mão em seu braço. – Posso ter concordado em seguir com essa farsa, porque o futuro da minha irmã estava em jogo, mas sua mãe é uma mulher maravilhosa e eu nunca inventaria uma preocupação.

Damien reconheceu o brilho da sinceridade em seus olhos. Por um segundo, algo muito parecido com culpa o assolou. Ele a tirou de sua zona de conforto e a levou a fazer algo que ia contra seus valores morais porque servia para ele. Ele revelou um mundo onde as pessoas usavam umas às outras. Não era o mundo onde ela vivia. Ele sabia disso porque ela falara sobre os amigos dentro e fora da escola. Ouvi-la era como plagiar um capítulo de um livro de Enid Blyton, em que os amigos sentavam-se para beber vinho barato e discutir o destino do mundo e como ele poderia ser alterado.

Tudo na vida era uma curva de aprendizado e ser apresentado a uma visão alternativa faria bem a ela.

– Como sua irmã está se saindo em Ibiza? – perguntou ele, um lembrete oportuno do motivo de estarem ali.

Violet sorriu.

– Bem – confidenciou. – Lembra que contei do emprego que ela queria? Aquele em um restaurante de tapas na praia?

Apesar da artificialidade da situação deles, ela conversava com Damien mais do que achou que faria. Ao pegar o elevador depois da visita, perambulando pelo hospital juntos, ele procurando um táxi preto, ela a caminho do metrô, a conversa era sempre menos estranha do que o silêncio. E ele era um bom ouvinte. Nunca a interrompia e, quando, fazia, suas colocações eram sempre inteligentes e informativas. Ele a ouvia falando sobre os colegas no trabalho, sem depreciar nem a eles nem à vida que levavam. Deu um ótimo conselho sobre um deles que estava com dificuldades com uma turma. E a alertara por se preocupar muito com Phillipa. Disse que precisava seguir o caminho que levara anos construindo e a única maneira era não se envolver com o que a irmã estava tramando. Se Phillipa não tivesse algo para amortecer sua queda, ela aprenderia rapidamente como se manter em pé.

Tinha mencionado Phillipa e o emprego no bar? Damien pensou. Sim. Sim, tinha. Bem, eles se viam todos os dias. O tempo que passavam na companhia um do outro deveria ser focado, mas eles conversavam. Teria sido impossível manter o silêncio quando estavam sozinhos. Era ela quem mais conversava. E sabia hoje mais detalhes sobre a vida dela do que ele esperava saber.

– Lembro. Não precisava de referências para trabalhar em um bar. Boa escolha.

– Ela conseguiu. Está lá há apenas dois dias, mas diz que as gorjetas são ótimas.

– Vamos esperar que ela não coloque a mão na gaveta – Damien comentou secamente, mas não havia rancor em seus olhos.

– Já a alertei sobre isso – disse Violet ressentida.

– E o cúmplice dela?

– Não era cúmplice.

– Além de forjar as referências?

– Ele está trabalhando na restauração do barco de um amigo.

– Ele sabe bastante sobre restauração?

– É...

– Não precisa dizer mais nada, Violet. Eles foram feitos um para o outro.

– Você é cínico demais.

– Não segundo minha mãe. Ela me cumprimentou pelo meu ótimo gosto por mulheres e falou sobre a alegria de saber que não saio mais com mulheres com QIs menores do que suas cinturas.

Chegaram ao café e ele abriu a porta para ela entrar. O roçar dos corpos fez a pele dela arder. Então a mãe dele estava satisfeita com a namorada. Ela pensou na morena na capa da revista.

Devia ser penoso para ele esse pequeno arranjo. Poderia estar em um café ou em um restaurante caro, porque ele mesmo disse que as mulheres com quem saía não seriam apanhadas em lugares onde não podiam ser admiradas, como uma morena de pernas longas pendurada em seu braço.

Ele pediu café para os dois e sentou-se na cadeira, passando seu dedo na asa da xícara.

– Então? – estimulou Violet desconfortável com o silêncio. – Não creio que estejamos aqui porque você queria passar um tempo comigo. Faz quase duas semanas. O novo prazo deve começar em 10 dias. Sua mãe parece estar indo muito bem. Você me trouxe aqui para me dizer que o arranjo terminou?

Sentiu um espasmo na boca do estômago na perspectiva de nunca mais o ver e ficou impressionada com a rapidez que um hábito, mesmo ruim, poder ser transformado em algo que deixa uma lacuna, quando era para ter sido removido.

– Quando falei que nosso pequeno acordo terminaria em questão de dias, não previa algumas eventualidades.

– Que eventualidades?

– Os médicos concordam que o tratamento pode continuar em Devon.

– E isso é bom, não é? Sei que sua mãe está ansiosa com Dominic. Ela fala com ele todos os dias pelo telefone e está sempre em contato com os cuidadores dele, mas ele não está acostumado com ela longe por tanto tempo.

– Quando ela contou isso?

– Ela ligou para minha casa algumas vezes.

– Você nunca me falou.

– Não pensei que tivesse que fazer relatórios diários.

– Você precisa entender os limites do que temos aqui. Incentivar minha mãe a ligar para você é sair deles.

– Não incentivei sua mãe a ligar!

– Você deu seu celular para ela.

– Ela pediu. O que deveria fazer? Recusar-me a dar?

– Minha mãe planeja voltar a Devon amanhã. Ela vai poder ir ao hospital da cidade e vou cuidar pessoalmente para que ela tenha a melhor equipe médica em casa.

– Que bom.

Ficaria com saudades de Eleanor Carver. Sentiria falta da companhia de alguém que era gentil e espirituosa, e a primeira e única substituta de seus pais desde que a mãe morrera. Não houve revelações de tirar o fôlego à senhora, nem segredos confessados, mas foi um deleite inesperado sentir-se como se ninguém esperasse que ela respondesse perguntas ou estivesse no comando.

– Suponho que vá com ela.

– Irei.

– E como vai fazer com seu trabalho? Sei que disse que é fácil trabalhar fora do escritório, mas como isso vai funcionar?

– Vai funcionar. – Fez uma pausa e olhou para ela com atenção. – A parte melhor, porém...

– Odeio parecer insistente, mas você está querendo sinalizar algo para que eu saiba que você não vai voltar atrás na sua promessa?

– Não confia em mim? – perguntou ele divertido.

– Bem, você me colocou nessa posição através de algumas táticas ardilosas.

– Refresque minha memória sobre o quanto sua irmã está se divertindo na ensolarada Ibiza – disse Damien lembrando sua generosidade. – Naturalmente, estou mais do que feliz em assinar um pedaço de papel confirmando que sua irmã não será vista na prisão depois que nosso trato terminar.

– Mas achei que... – Violet olhou para ele confusa.

– Houve uma extensão – disse ele com um tom de voz que deixava claro não havia espaço para réplica. – Parece que sua ávida atenção e suas conversas agradáveis com minha mãe ao telefone a encorajaram a achar que você deveria me acompanhar até Devon.

– O quê? – balbuciou Violet.

– Posso repetir se quiser, mas vejo pela sua expressão que você entendeu direitinho. Acredite, não é algo que eu queira, mas, dadas as circunstâncias, não há escolha.

Ela não podia estar mais chocada.

– É claro que há escolha – protestou Violet tremendo.

– Devo dizer a ela que a perspectiva de ir para Devon a amedronta?

– Você sabe que não é o que estou falando. Tenho... tenho muitas coisas para fazer antes de as aulas começarem. Aulas para preparar.

Damien esperou pacientemente enquanto ela expunha um milhão de coisas que aparentemente exigiam atenção urgente em Londres, antes de erguer a mão e interrompê-la.

– Minha mãe parece pensar que ter você por perto por alguns dias enquanto inicia o tratamento vai deixá-la mais forte. Ela sabe que suas aulas começam em dez dias.

Ela não tinha escolha, a não ser fazer o que ele disse e ele sabia disso. Quando se tratava de organização, ela não podia opinar. Além disso, ele gostaria da participação dela sem ela esbravejando o tempo todo. Era uma perspectiva tão ruim assim? Sua mãe morava em um lugar lindo.

– Não estou pedindo que abandone seu trabalho e sente-se ao lado dela por tempo indeterminado.

– Sei disso!

– Se posso trabalhar fora do escritório, não vejo por que você também não pode.

– É que pareceu estar... saindo do controle.

– Não entendi.

– Sabe o que quero dizer, Damien – respondeu irritada. – Achei que quando aceitasse essa... essa tarefa, seria por alguns dias e já faz duas semanas.

– A situação não está aberta a discussões – disse ele com severidade. – Você negociou a liberdade de sua irmã. Simples assim.

– E quando eu for embora de Devon? Quando terei minha liberdade de volta?

Violet odiava a maneira como estava falando. Como se não se importasse com a Eleonor, nem sua recuperação. Como se a última coisa que quisesse era ajudá-la. E não era isso que tinham combinado e a perspectiva de ficar ainda mais próxima de Damien e sua família parecia perigoso demais. Como explicar isso?

– Desculpe, mas preciso saber quando esperar que minha vida volte ao normal.

– Sua vida vai voltar ao normal – avisou inclinando-se para a frente, a expressão severa e fria como o gelo –, quando a minha também voltar. Eu não previ isso, mas aconteceu e aqui está como vamos lidar com isso. Você vai para Devon. Vai aproveitar longas caminhadas e vai manter o espírito da minha mãe lutando e otimista enquanto vocês conversam sobre plantas e flores e todas essas coisas. No fim da semana, você retorna para Londres e, então, sua presença não será mais exigida. Até eu informar que sua participação não é mais necessária, você continua de prontidão.

Violet empalideceu. Que base de argumentação tinha? Ele estava certo. Ela havia negociado a liberdade de Phillipa. Enquanto a irmã estava livre em Ibiza, ela estava se afundando na areia movediça. Não conseguia se mexer, não tinha poder de decisão.

– Quanto mais eu me envolver, mais difícil vai ser contar para sua mãe... que...

– Deixe isso comigo. – Damien ainda olhava firme para ela. – Existe outro motivo pelo qual ela quer você em Devon – disse pesadamente. – E, acredite, não tenho participação nisso. Mas ela quer que conheça meu irmão.

Eleanor nunca contou os motivos do rompimento com Analise, nem que ele comentou que depois dela, nunca mais levou nenhuma mulher para lá. A última coisa que queria era quebrar a tradição, principalmente quando se tratava de uma mulher que desapareceria em poucos dias.

– É muito gentil da parte dela, Damien, mas não quero me envolver com sua família mais do que já estou.

– E você acha que eu quero? – disse asperamente. – Temos nossas vidas nos esperando.

O fato de o controle ter sido tirado de suas mãos o tirava do sério. Quando sua mãe sugeriu levar Violet a Devon, ele disse com firmeza que era impossível. Citou o trabalho, o tempo que levava para preparar um novo período letivo, algo do qual ele nada sabia, mas que estava mais que disposto a explicar. Estava confiante de que isso não aconteceria. Sua namorada falsa não sairia do quarto do hospital.

A mãe nunca tinha discutido com ele ou ido contra suas opiniões, quando sabia como ele se sentia. Ele não estava preparado para a pergunta dela.

– Por que você não quer que ela vá para Devon, Damien? Existe algo que eu precise saber?

Sem nenhum argumento, recuperou-se rapidamente e assegurou à sua mãe que Violet adoraria conhecer a propriedade e Dominic.

– Você vai precisar de mais roupas – disse ele, porque, ao menos para ele, não havia mais nada a ser dito. – Precisa de galochas. Casacos térmicos. Capa de chuva. Deduzo que não tenha nenhum desses, não é? Achei que não. Nesse caso, vá à Harrods e use a conta de que já falei.

– Sabe de uma coisa? Não vejo a hora de tudo isso terminar! Não vejo a hora de não ter mais que ouvir suas ordens e ficar lembrando que não estou em posição de argumentar!

Nos últimos dias, ela esteve calma, sentindo uma falsa segurança, achando que ele não era assim tão ruim. Vira como interagia com a mãe, ouvira quando aliviava as mesmas preocupações de sempre sem mostrar a menor impaciência. Tinha começado a sentir uma estranha ligação com ele.

– É assim que você trata todo o mundo? – proferiu ela, furiosa consigo por acalentar ilusões idiotas. – É assim que trata as mulheres com quem sai? Foi assim que tratou Annalise?

Saiu antes que ela pudesse se frear, e os olhos dele se transformaram em lascas de gelo.

– Esse foi outro assunto discutido com a minha mãe?

– Não, claro que não! Nem é da minha conta. Apenas fiquei... frustrada pelo meu mundo ter virado de cabeça para baixo.

– Desculpe se não sou solidário com sua causa – disse Damien categoricamente. – Sabemos o que está em jogo aqui. Quanto a Annalise, é um assunto que é melhor deixar quieto.

Pediu a conta sem tirar os olhos do rosto dela.

– Não pode esperar que eu passe uma semana com sua mãe e não saiba nada de seu passado – disse, respirando fundo. – O que espera que eu diga quando ela falar em você? Em Devon, teremos mais tempo juntas. Sua mãe já a mencionou antes. Vai mencionar de novo. O que devo dizer? Que não discutimos detalhes pessoais assim? Que tipo de relacionamento teremos se nunca falamos em algo pessoal?

Ela olhou para ele frustrada e quanto mais o silêncio se prolongava, com mas raiva ela ficava. Ele podia ser um manipulador, mas tudo tinha limite. Ela previa longas e agradáveis conversas com Eleanor, quando sua única resposta a qualquer pergunta, além do básico, seria um sorriso enquanto pensava em uma saída. Seria condenada a mais mentiras porque ele era arrogante demais para contar um pouco de seu passado.

– Não me importa o que aconteceu entre vocês dois. Só quero poder olhar como se soubesse o que sua mãe está falando, caso o nome venha à tona de novo. Por que você é tão... tão... misterioso?

Damien estava furioso por ela tê-lo atacado. Normalmente havia uma parte dele que entendia completamente a lógica do que ela estava dizendo. O tempo passado com sua mãe na frente da lareira seria bem diferente do período supervisionado passado ao lado de uma cama de hospital durante o horário de visita. As mulheres falavam e era improvável que ele pudesse estar presente o tempo todo. Assim, a crítica implícita na voz dela o enervara.

Conta paga, ele levantou-se e esperou até que ela ficasse em pé.

– Vai dizer alguma coisa? – Ela o segurou com a mão. – Certo, você teve muitas namoradas. Tudo bem.

– Eu ia me casar com ela – Damien disse entre os dentes.

A mão de Violet caiu e ela olhou para ele com um silêncio surpreso. Não podia imaginá-lo sequer sendo próximo o bastante da mulher para pedi-la em casamento. Ele parecia solitário. Não, era mais que isso. Havia algo remoto e cauteloso nele que não combinava com a ideia de ele se apaixonar. E, mesmo assim, aconteceu. Violet não sabia por que estava tão chocada, mas estava.

– O que aconteceu?

Estavam na rua a caminho do hospital. As preocupações dela sobre ir a Devon foram substituídas pela revelação dele.

– O que aconteceu – explicou ele lentamente, parando para olhar para ela – foi que não deu certo. Não partilhei os detalhes com minha mãe. Não tenho intenção de partilhar com você. Alguma outra informação vital que precise antes de chegarmos?

– Como ela era?

Violet não resistiu. Na sua cabeça, imaginava outra modelo, embora não era improvável que fosse tão linda quanto a da capa da revista.

– Uma advogada brilhante que se tornou juíza.

Bem, isso explicava muita coisa, pensou Violet. Tipo, por que um homem tão inteligente escolheria mulheres que não o desafiavam intelectualmente. E seu interesse no sexo oposto começava e terminava na cama. Por que nunca se permitiu um novo relacionamento. Foi largado e ainda carregava as cicatrizes. Sentiu uma pontada de inveja da mulher que detinha esse poder sobre ele. Ainda falava com ela? Ainda amava?

– Você a vê? Londres é pequena.

– Tempo expirado, Violet. Já tem informação suficiente sobre o assunto para lidar com ele.

Os lábios de Damien se estreitaram ao pensar em Annalise. Ainda aguardando uma oportunidade, imaginando que ela ainda era o amor de sua vida. Ele se importava? Dificilmente. Encontrava com ela? Com tediosa e misteriosa regularidade. Nas ocasiões sociais, ela sempre dava um jeito de procurá-lo para saber de sua última namorada e atualizá-lo sobre sua carreira. Ele nunca a evitou porque assim se lembrava do próprio erro. Era uma lição que nunca esqueceria.

Violet viu suas feições ficarem sombrias e tirou as próprias conclusões. Ele se apaixonou por uma mulher inteligente, que combinava com ele e a proposta de casamento não foi aceita. Para alguém como Damien, seria uma rejeição para nunca esquecer. Encontrou a mulher perfeita e, quando não deu certo, desistiu de encontrar outra.

O que tinham era um arranjo comercial, mas tudo o que teve com as mulheres depois de Annalise foi um arranjo. Era com o que conseguia lidar.

– Vou providenciar roupas adequadas – consentiu Violet. – E pode me enviar uma mensagem com os detalhes da viagem. Mas, no fim da semana, acabou. Não posso continuar enganando sua mãe.

– No fim da semana, acho que já terá cumprido com sua parte e sua irmã estará oficialmente livre.

– Mal posso esperar – suspirou Violet com sinceridade.

CAPÍTULO 5

A CASA que acolheu Violet na noite seguinte era de conto de fadas. Os arranjos para a transferência de Eleanor foram a jato. As circunstâncias eram especiais, já que ela era a principal cuidadora de Dominic e Damien, com seus vastos recursos financeiros, assegurou que tudo fosse feito com calma e eficiência.

No carro, Violet alternava entre conversas sobre nada específico para romper o silêncio e longas pausas de reflexão sobre a tarefa a que se submetera que parecia fora do controle.

Estava viajando com um estranho para um destino desconhecido, tirada de tudo o que conhecia e teria que passar os próximos dias fingindo ser alguém que não era. Se soubesse o que o arranjo acarretaria, teria embarcado nessa? Lamentavelmente, sim, mas saber disso não removeu seu sentimento de vítima enquanto o carro percorria quilômetros, distanciando-se de sua zona de conforto.

Enquanto Phillipa estava em Ibiza, trabalhando em um restaurante de tapas, divertindo-se, aqui estava ela, afundando-se cada vez mais na areia movediça, para que a irmã pudesse aproveitar a vida sem pagar pelos erros cometidos.

– Talvez devesse passar um tempo na prisão – disse Violet do nada, e Damien olhou-a de lado.

Com a certeza de que ela faria exatamente o que ele precisava, ele podia sentir a tensão no corpo dela. Ela preferiria estar em qualquer lugar da terra do que naquele carro com ele. Naturalmente, ele compreendia isso. Mais ou menos. Afinal, quem queria ficar presa a uma situação que não pediu, pagando por um crime que não cometeu? Mesmo assim, sua companhia era tão repulsiva que ela literalmente achava impossível melhorar um trabalho ruim? Estava tão encostada na porta do passageiro que ele tinha medo que ela caísse, exceto que as portas estavam trancadas e ela estava com cinto de segurança.

Houve situações nos últimos dez dias em que o ressentimento dela desaparecera e ela conversou normalmente com ele. Também houve situações, na presença da mãe, em que ele a tocou e seu radar captou algo, passageiro, mas substancial, ao mesmo tempo. Algo que tinha se comunicado com ele, anunciando uma resposta nela que talvez nem ela percebesse.

– Você não falou sério – disse calmamente.

– Não me venha com essa! Se não fosse por Phillipa, eu não estaria aqui agora.

– Mas você está, e não faz sentido ficar remoendo. Pare de agir como se estivesse indo para uma câmara de tortura. Porque não está. Vai achar a propriedade da minha mãe um lugar relaxante para passar uns dias.

– Não vai ser uma situação muito relaxante com você por perto, não acha?

Quando pensava que teria que ficar em sua companhia por horas, fazer as refeições com ele, estar na presença dele sem nenhuma folga, exceto na hora de dormir, ficava em pânico.

Sem aviso, Damien tirou o carro da estrada. Estavam a apenas meia hora da casa e, quanto mais se aproximavam, mais desertas as estradas ficavam.

– O que está fazendo? – Violet perguntou enquanto ele desligava o motor e se inclinava para trás em um ângulo que olhasse direto para ela.

Na semiescuridão do carro, com a noite se firmando, ela sentia a respiração presa na garganta. A preocupação juntou-se a algo mais, algo sombrio e assustador, a mesma coisa que a deixou no limite do autocontrole quando ele falou sobre Devon.

– Não se sente relaxada comigo. Por quê? Desembuche antes de chegarmos em casa. Ok, não está aqui por vontade própria, mas não adianta lamentar. As coisas funcionam assim. Nunca esteve em uma posição em que sentiu raiva e superou?

– Claro que sim.

– Então, qual é a diferença?

– Você é assustador, Damien. Não é como os outros. Você não sente? É tão... tão frio.

– Engraçado. Frio não é uma palavra que as mulheres usam para me descrever.

Violet sentiu o coração bater mais forte e a boca ficar seca.

– Não estou falando de como você é na cama.

– Gostaria?

– Não.

– Então, como gostaria de que eu relaxasse você?

Violet não conseguia detectar nada na voz dele e, mesmo assim, aquelas palavras causavam um arrepio de advertência em sua espinha. Teve uma visão bem clara de ele relaxando-a, tocando-a, fazendo todo seu corpo derreter. Era essa a verdadeira razão por estar tão apreensiva? Até mesmo apavorada? Analisando melhor, tinha mais medo de ficar sozinha com ele do que de participar da farsa e representar em um local desconhecido? As respostas dadas a ele, a quem ela tentava sempre humilhar, a assustavam mais do que ele?

Não parecia se importar com a frieza, distância e ausência emocional dele. De certa forma, uma parte dele respondia de maneira chocante e desconhecida.

Podia sentir a leitura compenetrada dos olhos dele sobre ela e desejava que não tivesse entrado em uma conversa que parecia estar se desenrolando.

– Apenas estou nervosa – murmurou ela lutando para recuperar a compostura. – Ficarei bem quando chegarmos lá. Acho.

– Tente um pouco mais e vai começar a me convencer. Você se dá bem com minha mãe. É o Dominic?

Ele precisava perguntar. Não passava por isso há muito tempo. Já tinha trazido alguém para Devon. E jurou nunca mais ter que testemunhar uma reação negativa ao irmão. Porém, era uma circunstância inevitável e sentia suas defesas como se fossem uma parede de aço ao redor de si.

– Do que está falando? – Violet estava confusa.

– Algumas pessoas se sentem desconfortáveis com a deficiência. É por isso que está tão infeliz?

Precisou Annalise acordá-lo para o fato de que havia pessoas que fugiam do que não conseguiam compreender, que achavam que pessoas deficientes eram motivo de riso ou isolamento. O efeito dessas reações era sempre propagado às pessoas que se preocupavam. Era melhor trazer logo à tona.

– Não!

– Tem certeza? Porque você me conhece, conhece minha mãe. A única coisa desconhecida é Dominic.

– Quero *muito* conhecer seu irmão, Damien. A única pessoa que me deixa desconfortável é *você*!

Foi a primeira vez que chegou perto de admitir o efeito que ele tinha sobre ela. Olhou para ele defensivamente, sentindo-se zangada e vulnerável com a admissão, e colidiu com aqueles olhos negros e impenetráveis.

Damien podia sentir a tensão sexual repentina no ar. As palavras dela podiam dizer uma coisa, mas sua respiração irregular, a maneira com que seus olhos estavam imensos e fixos nele, o abrir e fechar de sua mão, forneciam uma história diferente.

Ele sorriu, triunfante. Embora reconhecesse a atração dela, embora tenha sido honesto sobre a acusação que recebeu de uma mulher completamente diferente do tipo com quem costumava sair, Damien decidiu que manter-se afastado era necessário nesse caso.

Mas ficariam juntos em Devon e, como um predador, podia sentir o cheiro da forte, porém indesejada, atração sexual dela com relação a ele. Ela era arisca como uma gata e não era devido ao nervosismo de passar uma semana na companhia da mãe dele. Agora estava hesitante com o irmão. Tinha detectado a sinceridade na voz dela quando sugeriu que poderia ser isso.

Ficou olhando para ela antes de se virar e ligar o carro. A presença dela ao lado dele pelo resto da viagem era afrodisíaca. Isso não estava no plano.

A estrada até a casa era delineada com árvores até o portão de ferro que ele não se lembrava de ver fechado. Sem ter estado ali há mais tempo que queria, Damien foi tomado por sentimentos associados à vida em família, o senso de responsabilidade permanente como um refrão. Ter um irmão deficiente significava que qualquer liberdade estaria sempre comprometida. Sempre soubera que, cedo ou tarde, teria que assumir o legado deixado pelos pais. Ressentia-se disso? Achava que não, embora admitisse certo arrependimento de que tinha fracassado por ter prorrogado isso por tanto tempo.

Será que a mãe ficara tão perturbada ao ser diagnosticada com câncer que deixaria para trás a unidade familiar que já estava rompida? Tinha muito que fazer se quisesse convencê-la do contrário.

– Que lugar maravilhoso – murmurou Violet quando a verdadeira extensão da vasta mansão, gloriosamente iluminada na escuridão, se revelava. – Como foi crescer aqui?

– Meus pais tinham acabado de se mudar quando meu avô morreu e eu era adolescente. Antes disso, moramos no chalé original que meus pais compraram quando se casaram.

– Deve ter parecido enorme depois de um chalé.

– Quando você mora em uma casa desse tamanho, se acostuma ao espaço bem rápido.

Mas ele se acostumou e se perdeu nele. E conseguiu escapar. Ficou imaginando se tinha se saído tão bem ao escapar, porque uma parte dele nunca voltou. Sua mãe tinha permitido a fuga? Quando fugir deixou de ser uma diversão?

Sem gostar de introspecções, Damien franziu o cenho enquanto estacionava no jardim circular. A casa estava iluminada como uma árvore de Natal e mal tinham saído do carro quando a porta da frente se abriu e Anne, a governanta, que estava com a família desde sempre, estava ali parada acenando.

Violet ficou pensando em qual seria seu papel. Exatamente. Sentada ao lado de uma cama de hospital, ela sabia o que fazer e o ambiente impessoal a aliviava da necessidade de tentar agir como uma mante empolgada. Alguns toques rápidos feitos por Damien e por ela; mais teria sido inapropriado em um quarto de hospital.

Mas, aqui, ela estava entrando em um local sem diretrizes.

O teto do hall era tão alto e impressionante quanto o de uma catedral. O fino tapete persa dava um brilho rico. A escada que se dividia em direções opostas no alto era escura e bem lustrosa. Era uma casa de campo de grande escala.

A governanta conversava animadamente enquanto eram levados do hall por uma série de salas e corredores.

– Sua mãe está descansando. Descerá com Dominic para o jantar. Servido às 19h em ponto, com bebidas, antes, no salão. Ficará instalado no quarto azul, sr. Damien. George subirá com as malas.

Olhando para os lados, Violet estava fascinada com a indiferença de Damien com o ambiente. Ele mal olhava ao seu redor. Como ele podia afirmar que uma pessoa se acostumava com uma casa desse tamanho? Ela havia sido apresentada a Anne como sua namorada e como se de repente tivesse se dado conta de que ela caminhava ao seu lado, ele passou o braço sobre seu ombro enquanto a governanta seguia para outra parte da imensa mansão.

– É uma empregada antiga – disse ele tirando o braço e pegando uma escada lateral que Violet não notou.

– É uma casa linda.

– É grande demais para minha mãe e Dominic, principalmente considerando que a terra não é mais arada.

Ele seguia na frente, a mente ainda desconfortável com os pensamentos inesperados que o assolaram no carro. Nunca pensara muito sobre sua relação com Dominic. Será que era uma espécie de viagem de culpa devido às circunstâncias? Estaria se protegendo da dor que Annalise causou quando rejeitou o irmão, afastando-se dele? Ele deveria ser muito mais do que uma presença por aqui, especialmente com a mãe envelhecendo.

– Seria uma pena vender. Aposto que está na família por gerações.

Não se deu conta do quarto até a porta estar aberta e a primeira coisa que viu foi uma cama imensa com dossel onde suas malas foram colocadas. Enquanto ele entrava, seguro de si, indo até as janelas, ela parou indecisa.

– Então? – Damien canalizou sua mente para se concentrar nela.

– Por que nossas malas estão nesse quarto? – perguntou Violet, áspera.

Já sabia da resposta, embora não quisesse encará-la. Ela não pensou nos detalhes da sua estada. De modo geral, tinha imaginado conversas a sós com Damien, esconder a verdade da mãe dele, refeições pomposas, onde seria questionada e forçada a sorrir. Não tinha pensado na possibilidade de ficarem no mesmo quarto. Achava que Eleanor pertencia à geração que abominava a coabitação sob seu teto. Eleanor era conservadora, uma viúva que ainda usava a aliança de casamento e desaprovava os jovens de hoje.

– Porque é onde dormiremos – respondeu Damien também com aspereza.

Seu modo de pensar introspectivo e sombrio o deixou de mau humor. Tendo questionado sua devoção como filho e apoio presencial como irmão, a última coisa que ele precisava era testemunhar o horror evidente de sua suposta namorada encarcerada no mesmo quarto que ele.

– Não posso dormir no mesmo quarto que você. Não achei que seria assim.

– Você não tem escolha.

Ele começou a desabotoar a camisa, um prelúdio de que ia para o banho e os olhos de Violet foram guiados ao peito sendo exposto. Ela se apressou em desviar o olhar, mas, embora estivesse olhando fixo para o rosto dele, ainda podia ver o desabotoar gradual da camisa até estar totalmente aberta, quando ela limpou a garganta e olhou para a porta atrás dele.

– Deve haver outro quarto onde eu possa ficar. Esse lugar é enorme.

– Ah, existem centenas – disse Damien com indiferença. – Mas você não vai ficar em nenhum deles. São alguns dias e minha mãe nos colocou juntos. Não acho que ela vá acreditar que estamos nos guardando para o grande dia.

Tirou a camisa e abriu a mala sobre a cama sem olhar para ela.

– Temos uma hora para descermos para o aperitivo. Minha mãe gosta de formalidades quando se trata de jantar. É uma de suas idiossincrasias. Assim, quer usar o banheiro primeiro ou posso ir?

Violet odiava seu tom de voz. Do tipo que se deduz que nem mesmo se importava em considerar as preocupações dela. Estava acostumado dividir camas com mulheres. Provavelmente dormia com uma mulher ao lado com mais frequência do que dormia sozinho. Mas não ela. Ele achava que ela dormiria ao lado dele e fingiria que era sua? A cama era tamanho king, mas a ideia de se mexer e acidentalmente colidir com ele dormindo bastava para deixá-la tonta.

– Odeio isso – sussurrou, cheia de autopiedade de que o último vestígio de sua dignidade estava sendo arrancado dela. – Vai ter que dormir no sofá.

Damien olhou para a *chaise* encostada da janela e se perguntou se ela estava falando sério.

– Tenho 1,84m. O que sugere que eu faça com meus pés? – Ergueu as sobrancelhas e observou enquanto ela buscava uma resposta plausível. – Passei horas dirigindo. Vou para o chuveiro. Nem pense em procurar outro quarto.

Com isso, ele desapareceu no banheiro, deixando Violet em pânico enquanto olhava para a mala sobre a cama.

Envolta em uma série de imagens, quase esqueceu que ele estava no banho até ouvir o som da água sendo desligada. Ela foi até a mala e tirou algumas roupas e parou na janela, de costas para a porta do banheiro.

Ouviu o clique da porta se abrindo e congelou quando ele sussurrou no ouvido.

– Pode olhar. Estou vestido. As pessoas pensariam que você é uma garota de 16 anos que nunca foi beijada.

Ele ria enquanto ela grudava os olhos nos pés nus dele e ia subindo até onde estava decentemente coberto com uma cueca boxer e uma camisa, que ele abotoava devagar.

Se ele chamava isso de decentemente vestido, queria perguntar o que devia esperar quando as luzes estivessem apagadas.

– Encontro você lá embaixo – disse com frieza, fazendo com que ele risse mais ainda.

– Você não sabe aonde ir – salientou.

Ela corou. Seu cabelo, que tinha começado a viagem em um coque na nuca, estava se soltando. Damien sentia seu humor melhorar, o que era bom porque não estava disposto a pensamentos negativos.

– Você precisa de um mapa para se achar na casa. Ao menos, até se acostumar. A maioria dos quartos não é usada, mas boa sorte em encontrar os que são.

Ele foi até o armário, onde havia algumas roupas limpas, penduradas, esperando sua chegada.

Mais uma vez, Violet desviou os olhos enquanto ele tirava uma calça de um cabide. Ficou de costas para a porta, mas ele não estava olhando.

Santo Deus! Ela teria que se recompor se quisesse sobreviver à sua estada ali. Não podia sucumbir a ataques de pânico toda vez que estivessem sozinhos. Precisaria de terapia para estresse pós-traumático assim que retornassem a Londres! Ele nem mesmo estava olhando para ela. Se ele ligava para a presença dela, ela seguiria a dica e tudo sairia bem. Dois adultos, dividindo um quarto não era exatamente um evento do fim do mundo, disse a si mesma quando estava no banheiro, verificando três vezes se a porta estava trancada.

Levou bastante tempo. Comprou alguns vestidos para não ficar o tempo todo de jeans e suéter. Esse vestido, de lã com elastano, de mangas até os cotovelos, era justo, embora não soubesse o quanto, pois não havia espelho grande no banheiro. Nem podia fazer muito com a maquiagem, porque o espelho da pia dupla estava embaçado. O cabelo estava fora de controle, uma mecha de cachos que ela impacientemente tirou do rosto antes de respirar fundo e abrir a porta do banheiro.

Ele estava deitado na cama, a imagem do senhor feudal esperando por sua mulher. Estava de calça, mas, os olhos observadores dela viram que o botão estava aberto. O suéter de mangas longas era cinza escuro e justo, não tinha como escapar das linhas de seu corpo rijo.

Um braço atrás da cabeça, Damien a observava com olhos pensativos. Era a primeira vez que a vira em um vestido que realmente ficava justo. Mais do que isso, ele grudava. Às curvas nos lugares certos e ao tipo de seios que não funcionariam em uma passarela, mas ficavam muito bem em qualquer outro lugar. Esqueceu-se de qualquer tensão. Esqueceu-se das preocupações de que tinha negligenciado o irmão por muito tempo. Esqueceu-se de praticamente tudo enquanto seus olhos passeavam pelo corpo dela, e sentiu a dor de uma ereção pedindo atenção. O que fez com que sentasse rápido.

Ela passava os dedos pelo cabelo e fazia careta enquanto tentava gentilmente desfazer alguns nós. Em seguida, sem dizer nada, foi até sua mala e tirou um par de sapatos de salto alto que calçou de costas para ele.

– Estou pronta.

Passou as mãos nervosas pelo vestido. Não era o tipo de coisa que usava. Sempre estava de roupas confortáveis. Ficou pensando se seu cérebro estúpido tinha prestado atenção ao cumprimento que ele fez e decidiu que, se afirmativo, ela era patética. Mas sentiu uma excitação quando ele a avaliou antes de sair da cama e pegar o relógio na mesinha de cabeceira.

– Espero que eu esteja bem.

Violet ficou envergonhada ao se ouvir e ficou ainda mais quando ele a olhou de cima a baixo.

– Estará. Vestido novo?

– Posso devolver quando a missão acabar.

– O que faria com ele?

– Não quero que pense que quero algo além da liberdade da minha irmã.

– Sempre achei o martírio uma característica chata.

Violet fervilhava enquanto descia. No caminho, ele contou um pouco da história da casa e da terra. Ela relaxou. Estava encantada com o pensamento de um meio italiano mudando-se para ali e passando a mansão aos filhos, tirando do alcance da aristocracia rural.

Quando finalmente estavam na sala de estar, onde as bebidas estavam sendo servidas, ela estava mais relaxada e relaxou por completo quando Eleanor entrou, acompanhada de Dominic e uma jovem garota que saiu, depois de arrumar Eleanor na cadeira ao lado do fogo.

Esqueceu-se de Damien. Sabia que deveria estar se esforçando para bancar a namorada, mas ficou envolvida com Eleanor e Dominic. Sabia da deficiência de Dominic. Não sabia que estava em uma cadeira de rodas e, embora, fosse difícil de compreender sua fala, e seus movimentos não fosse perfeitamente controlados, ele era inteligente e tímido. Sentou-se perto dele, bebendo seu vinho e inclinando-se para entender tudo o que ele dizia, enquanto Damien e a mãe conversavam, alguns trechos chegavam até ela. A necessidade de pensar em vender a casa, as dificuldades de administrar vários pisos mesmo que renovasse por completo, o valor de ficar mais perto da civilização, onde os médicos e o hospital não dependiam das condições da estrada e do tempo.

Ele era a voz da razão, o chefe da família tomando decisões sensatas, embora ela percebesse a frustração em suas feições com as respostas vagas.

Toda família tinha suas histórias e ela ficava imaginando a dele. Estava tão inserido no papel de protetor que não conseguiu perceber nenhuma rebelião na sua tropa. Obviamente não achava que o irmão deveria opinar, porque as conversas cessaram quando chegaram à mesa do jantar.

Uma cuidadora ajudava Dominic com a comida, embora Eleanor explicasse que era ela quem normalmente fazia isso.

– Sou um pé no saco – gaguejou Dominic.

Violet riu e olhou para Damien que estava à sua frente.

– Isso você tem em comum com seu irmão – disse sarcasticamente e corou quando ele olhou para ela sorrindo.

O coração dela acelerou. O olhar dele demorou-se e ela devolveu com mais intensidade do que devia.

Afinal, estava consciente de cada movimento que ele fazia e cada palavra que dizia, mesmo quando a atenção parecia estar em outro lugar. Estava consciente da qualidade da comida e de estar sendo tratada como uma convidada valiosa, porque, apesar do que Dominic disse, Eleanor dispensara as formalidades há tempos quando eram ela e Dominic apenas, e a cuidadora. Comiam na cozinha com pratos servidos pela governante, do fogão direto para o prato.

– Meu filho saberia disso se viesse com mais frequência – disse Eleanor áspera. – Talvez pudesse fazer disso sua missão: tirá-lo de Londres e de seu interminável trabalho.

Damien ficou impressionado na resposta dela ao comentário. Notou como ela se comunicava com Dominic. Com facilidade, sem menosprezo, indulgência ou condescendência.

Nem procurava ninguém para resgatá-la por se sentir desconfortável.

Bebendo um expresso, ele começou a comparar as respostas naturais dela com Annalise, mas cortou o exercício, antes que criasse raízes. Essas comparações, ele sabia, eram inapropriadas.

– Muito bom – disse ao subirem as escadas.

– Como?

Violet queria ter prolongado a noite para não precisar encarar a perspectiva de quarto compartilhado. Ele certamente não ia dormir na *chaise*. Ela podia tentar, mas *chaises* não foram feitas para sonos profundos. Podia pagar o mico de cair. Pior, podia se machucar ao cair.

– Sua representação essa noite. Muito boa.

– Não estava representando. – Estavam na porta do quarto e ela esperou ele abrir a porta para segui-lo. – Sabe que gosto de sua mãe e seu irmão é incrível.

Ele estava tirando a decoração cara de sobre a cama, amontoando no canto do quarto. As mãos de Violet coçavam para dobrar tudo direitinho.

Ele começou a desabotoar a camisa, os olhos ainda firmes nela, deixando-a paralisada.

Por que ele não podia encontrar outro lugar para dormir? Ou ela? Em uma mansão do tamanho de um hotel, não poderiam dormir separados sem o mundo todo perceber? Por que estava tendo que passar por isso? Era como se só ela estivesse se sacrificando, sem se beneficiar diretamente com isso.

A raiva diante de sua impotência fizeram seus olhos arderem.

– Entendo por que sua mãe ficou tão preocupada com Dominic quando recebeu o diagnóstico – disse Violet, arrependendo-se em seguida, quando ele ficou imóvel.

– Pode repetir?

– Nada – murmurou.

– Mesmo? – Ele caminhou em sua direção, sombrio, e Violet manteve-se firme, na defensiva. – Se tem algo a me dizer, diga. Só comece algo, Violet, se tiver intenção de ir até o fim.

– Bem, você não se comunica com ele. Deixa tudo com sua mãe. Ouvi vocês falando sobre vender a casa e, mesmo assim, você não falou com Dominic sobre isso, embora ele também seja afetado.

Damien encarou-a furioso. Ele ouviu direito? Ela estava criticando seu comportamento? Com seu inesperado sentimento de culpa, ele sentia a raiva percorrer suas veias como um veneno. Ela estava provocando-o deliberadamente?

– Não pareço me comunicar com ele – foi tudo o que conseguiu balbuciar com seus lábios incrédulos.

– Você fala em volta dele e quando fala diretamente com ele, você não parece esperar por uma resposta, mesmo que pareça esperar.

– Não creio que estou ouvindo isso.

– Ninguém fala assim com você, Damien.

– E você acha que está em posição de fazer isso?

Ele a observou baixar os olhos, embora seus lábios ainda formassem uma linha fina de teimosia.

– Pode ser um choque, mas você está passando dos limites.

Quando parou de ouvir o que o irmão tinha para dizer? Foi quando se mudou? Quando acres de espaço removeram a necessidade de proximidade física? E, depois, em Londres, com as raras viagens de volta para resolver assuntos, a mãe geralmente passando algum tempo em Londres, viajando sem Dominic. Será que a distância penetrou pelas frestas até ele ter esquecido como se comunicar? Ou, pior, estava egoisticamente se protegendo ao afastar-se inconscientemente? Você não pode sentir a dor das reações de outra pessoa se nunca se colocar no lugar dela, certo?

– Sei que estou! – Violet o desafiava. – Mas não pode esperar que eu venha aqui e não tenha opiniões sobre as pessoas que encontro. Além disso, o que tenho a perder dizendo a verdade? Depois que for embora, nunca mais o verei. E, talvez, esteja na hora de alguém falar francamente com você.

Ela provocou uma discussão. Parecia mais seguro deitar naquela cama com raiva dele. Mas a sombra que pairou nos olhos dele a deixou triste. Por que se importava com o que ele pensava dela?

– Acho que vou descer e trabalhar um pouco.

Damien se afastou e pegou o laptop. Violet estava tentada a pedir desculpas por ter ultrapassado os limites.

– Não espere acordada – disse ele com sarcasmo.

CAPÍTULO 6

QUANDO DAMIEN considerou o desafio de acalmar os medos da mãe e aliviar a preocupação dela de que não conseguiria lidar com Dominic na ausência dela, ele tinha imaginado uma solução objetiva.

Tiraria uma folga para ir a Devon. Despacharia Violet em uma semana e assumiria a responsabilidade de filho e irmão. Que dificuldade poderia ter? Ele podia ter sido meio negligente com suas responsabilidades ao longo dos anos, mas não era por falta de devoção à família. Seu trabalho, cada minuto dele, era testemunha disso. Eles tinham tudo. Seu irmão tinha os melhores cuidados que o dinheiro podia pagar. Sua mãe tinha ajuda em tudo, do jardim à casa. Gostava de rosas? Ele providenciou uma seção especial da terra cultivada para um jardim de rosas digno de revista. Quando ela reclamou do cansaço, alguns meses atrás, antes de saber do motivo real da exaustão, Damien providenciou que os melhores *chefs* da região preparassem refeições refinadas e as entregassem a eles. Em raras ocasiões, quando a mãe ia para Londres, ele providenciava ingressos para o teatro, reservava assentos para óperas, mesas em restaurantes famosos.

Infelizmente, seu caminho claro para um bom resultado estava se mostrando ilusório.

Damien ajustou a gravata, passou os dedos pelo cabelo e hesitou. Sabia que Violet estava mais do que feliz com ele na sala de estar. Depois de cinco dias, ela conhecia a casa melhor do que Damien. Como isso aconteceu? Estava se envolvendo com sua família. Violet e a mãe pareciam ter se tornado melhores amigas. Do escritório temporário na biblioteca no primeiro andar, ele tinha uma visão clara do jardim nos fundos e podia vê-la lá no frio, caminhando lentamente e conversando. Sobre o quê? Ele tinha perguntado alguns dias antes, e ela encolhera os ombros e dera uma resposta negativa. Começaria a pressionar? Não. Mesmo que ela decidisse que era direito seu falar o que quisesse, ela havia desprezado todas as tentativas de acalmar as coisas entre eles. Na presença de todos, ela era dócil e sorridente. Quando estavam sozinhos, ele era tratado com frieza, apesar de ter escolhido ignorar a crítica afrontosa.

Puxou a cadeira perto da janela e sentou-se. Às 18h30, a sala estava impregnada com os dourados e âmbares do que havia sido um lindo dia de sol. Em uma hora, sairiam para um restaurante. Não fora escolha sua. Teria ficado feliz em jantar em casa, relaxar um pouco e verificar seus e-mails. Mas sua mãe tinha sugerido, para esquecer um pouco o tratamento que começaria no fim de semana.

Ou, talvez, ele ponderou sombrio, Violet teria sugerido. Quem poderia saber? Sua mente passava pelos eventos dos últimos dias. O laço que criara com Dominic, envolvendo-o na preparação de suas aulas de arte, deixando-o guiá-la no computador até um site que ela queria criar para mostrar o trabalho de seus alunos mais talentosos. Sua mãe o chamou de lado e comentou que nunca vira Dominic tão relaxado.

– Você sabe como ele é desconfiado com as pessoas que não conhece – murmurou ela.

Não, não sabia. O que servia para lembrar-se do que Violet falara sobre suas habilidades de comunicação.

Ele franziu a testa e ergueu o olhar quando a porta do banheiro abriu lentamente.

Imersa em seus pensamentos, com uma toalha enrolada na cabeça e outra em seu corpo, mal cobrindo seus seios e coxas, Violet não estava esperando por ele. Na verdade, não o viu ali sentado na cadeira no canto do quarto.

Estava pensando nos últimos dias. Ver Damien com sua família parece ter sido o catalisador para algo que tinha decidido evitar, chamada envolvimento. Ela disse a ele o que pensava sobre sua relação com o irmão e, fazendo isso, ela acabou abrindo uma porta e interferindo no espaço. Não queria dar opiniões. Queria apenas cumprir seu dever e voltar para sua vida. Porém, estava se apegando e não tinha ideia onde isso acabaria. Damien mal conversava com ela. Comunicavam-se na frente do público, mas, quando não estavam por perto, a atuação parava e ele desaparecia naquele escritório, surgindo apenas depois de ela já estar dormindo.

A cama que causara pânico, porque se vira rolando e se chocando com ele, virou um lugar tão seguro quanto um cinto de castidade. Ela não percebia quando ele entrava no quarto à noite, porque estava dormindo, e não percebia quando ele saía pela manhã, pois ainda não acordara.

Tirou a toalha da cabeça e sacudiu o cabelo, foi até a porta do quarto e trancou-a. Damien já estaria lá embaixo. Estaria se esforçando.

A mente dela passou para suas próprias preocupações e deixou Damien de lado. Ela não lutava mais contra o jeito como ele se infiltrava em sua mente. Um pensamento mínimo e as comportas se abriam, fazendo com que se perdesse nas imagens dele.

Sem nem mesmo olhar em sua direção, ela ainda tinha consciência de tudo o que ele fazia e dizia. Não era preciso olhar para ele, porque, em sua mente, sabia como ele era, suas expressões, como inclinava a cabeça para um lado, para dar a ilusão de o que estava sendo falado era importante.

Não tentava mais convencer a mãe se a casa devia ou não ser vendida.

Começou a perguntar a ela sobre coisas menores, como livros que lera, ou comitês a que pertencia no vilarejo.

A conversa com Dominic não passava de algumas palavras educadas, uma palmadinha no ombro e, então, a atenção era voltada a outra coisa. No jantar anterior, ela ouviu-o contando ao irmão sobre um de seus acordos que tinha esbarrado em problemas com os moradores locais porque uma fábrica teve sua permissão negada e sobre o transtorno para acomodar a todos.

Violet preferia não ter percebido esses detalhes. Preferia que ele continuasse o mesmo cruel que mal trocava duas palavras com ela quando estavam sozinhos. Não queria sair da casa para descobrir-se pensando o que acontecia com eles. Queria poder tirá-los da mente e, mesmo assim, quanto mais absorvida ela ficava em seus dramas, mais difícil ela sabia que seria.

Ainda franzindo a testa, deixou a toalha cair no chão e foi até o armário. O cabelo caiu molhado por sobre suas costas e ela ergueu-o com uma mão. Nesse momento, ela o viu.

Por alguns segundos, Violet achou que seus olhos estavam pregando uma peça. Congelou, o braço ainda erguido, afastando o cabelo do corpo. O cérebro não assimilava que ele não estava no andar de baixo, mas, sim, observando-a completamente nua. Quando se deu conta, deu um grito de horror e pegou a toalha no chão, passando-a ao redor do corpo. Tremia como uma vara verde.

– O que está fazendo aqui?

Foi em direção ao banheiro, mas, antes que pudesse chegar lá, ele estava parado na frente dela.

Pela primeira vez na vida, Damien ficou sem palavras. O que estava fazendo ali? Faria diferença o fato de que era seu quarto?

O rápido olhar ao seu corpo ativara sua libido. Foi acometido pela dor e lutava para aterrar seus sentidos. A toalha branca estava de volta ao lugar, segura pelos punhos fechados dela, mas na mente dele ainda via as curvas voluptuosas de seu corpo. Já tinha imaginado como ela seria debaixo dos suéteres e jeans. Sempre que entrava no quarto, ela estava adormecida, tapada até o pescoço. A primeira vez que a viu vestindo jeans, sua imaginação voou e as tentativas dela de mantê-lo afastado só serviram para aumentar seu ritmo.

Mas nada o preparara para a sensualidade de suas curvas. Seus seios eram fartos. Os mamilos eram grandes discos rosados que apontavam provocadoramente e o estômago era liso, descendo aos espessos pelos loiros entre suas coxas. Todos os pensamentos de abnegação se romperam em um instante. Tudo o que o alertava sobre envolver-se com uma mulher que iria embora a qualquer momento, sumiu como uma nuvem de fumaça.

– Você precisa sair – disse Violet tremendo. – Quero me vestir.

Ela não conseguia encará-lo. Seu corpo ardia sob os olhos dele. Mesmo com a toalha ao seu redor, ela se sentia como se estivesse nua em um desfile público.

– Quero falar com você.

– Podemos falar depois. Mais tarde... sua mãe e Dominic.

– Tudo bem se eles esperarem um minuto.

Ele parou na frente dela, implacável como uma parede sólida de granito. Ela estava consciente de seu pulso acelerado e do calor dentro de si. O silêncio se prolongava. Ela queria desesperadamente se vestir e esquivar-se de sua nudez sob a toalha.

– Preciso me vestir – disse, finalmente conseguindo respirar e Damien foi para o lado.

Agora que tinha abandonado toda pretensão de manter a vida simples, sem ceder a uma atração que parecia ter vida própria, ele sentia a excitação percorrer seu corpo. A antecipação era um afrodisíaco poderoso.

– É claro – murmurou ele dando um passo para trás. – Podemos conversar depois.

E conversariam.

Violet só percebeu que estivera prendendo a respiração quando se apoiou na porta fechada do banheiro. Sua respiração estava pesada e irregular. Depois de dias de afastamento, sentia os olhos dele sobre seu corpo nu e quase surtou. Sobre o que queria falar? Ela ouviu a porta do quarto batendo, mas esperou um pouco mais antes de espiar e ter certeza de que o quarto estava vazio.

Queria colocar aquela lembrança de ele sentado olhando para ela, quando deixou cair a toalha, no fundo de sua memória. Na verdade, ela queria apagá-la por completo, mas era recorrente enquanto se vestia e ia ao encontro deles na Sala Grande.

O que achou dela? A realidade de um corpo que não era magro o repulsava? Ela voltou às roupas largas, um vestido sem forma com um cardigã grosso jogado por cima. O pensamento de dirigir mais atenção a si a deixou enjoada. Ao menos teria outras pessoas além dos quatro. Eleanor convidara alguns amigos. A atenção de Damien estaria diluída. Mas, mesmo em meio à conversa alegre e a risada, ela ainda estava bem ciente dos olhos dele sobre ela. Passaram, então, a falar sobre o tratamento de Eleanor que começava no dia seguinte.

– Ninguém sabe dizer como me isso me afetará – confessou a uma de suas amigas que passara por situação parecida. – Aparentemente, todos reagem de maneira diferente, mas é muito bom saber que terei Dominic e Damien ao meu lado. – Ela olhou firme para Damien. – Você vai ficar por pouco tempo, não é, querido?

Damien sorriu e deu de ombros resignado.

– Meu escritório está positivo e operante. Vai ser bom olhar pela janela e não ter uma vista esplêndida de Londres cheia de prédios comerciais.

Ele se saiu muito bem, pensou Violet, voltando para a comida. Era o charme em pessoa. Todos riam. Houve uma risada geral quando ele contou uma história sobre mitos urbanos que cercavam alguns prédios comerciais.

Quando a risada cessou, Eleanor virou-se para Violet.

– Você deve me odiar por segurar Damien tão longe – murmurou ela.

Violet corou. Odiava essas situações em que se sentia como se não estivesse atuando por uma boa razão, em que não tinha escolha a não ser mentir.

– Ah. Estarei ocupada, o novo ano letivo começa logo e é sempre frenético.

– Mas virá nos fins de semana, não é, querida? Você tem sido uma grande força.

– Claro, embora Damien tenha mencionado algo sobre ter coisas para resolver em Londres nas próximas semanas.

– Mencionei? – Damien olhava para ela com uma expressão perplexa. – Às vezes preciso ir ao escritório no fim de semana, mas... – ele ergueu as mãos em um gesto de rendição enquanto mantinha os olhos fixos no rosto corado de Violet – mesmo um viciado em trabalho como eu sabe quando parar, portanto, ficarei aqui a menos que algo excepcional aconteça em Londres que exija minha presença.

– Isso significa que ficará conosco esse fim de semana, querida? – Eleanor olhava atentamente o rosto corado de Violet. – Vou precisar de ajuda com a casa e é muito melhor ter alguém que nos conheça em vez de contratar alguém. Sei que estará ocupada na escola, então diga se preferir não vir, é perfeitamente compreensível.

Violet sentiu o peso da expectativa de todos ao redor da mesa e lançou um olhar implorando para Damien, que devolveu uma expressão imperturbável.

– E-eu – gagueou – tenho certeza de que poderei ficar no fim de semana, dadas as circunstâncias.

Sorriu fracamente. Eleanor deu um sorriso largo e segurou-lhe a mão.

– Perfeito! Ficarei na horizontal a maior parte do tempo, mas você e Damien terão uma grande oportunidade de explorar a vila e os arredores. Quer dizer, vocês quase não saíram sozinhos desde que chegaram aqui e posso ser uma velha senhora, mas não tão velha assim que não lembre como é um casal.

Todos riram. Dominic disse algo obsceno. Violet rangeu os dentes.

Mal registrou o restante da noite. Bebeu um pouco mais do que o normal. Quando chegaram em casa, eram 22h30, e o vinho subiu para a cabeça.

– Você precisa de água – disse Dominic levando-a até a cozinha, depois que Eleanor e Dominic desapareceram. – E analgésico. Você bebeu demais.

– Não ouse me dar sermão do quanto bebi, Damien! – Puxou o braço, tropeçou, endireitou-se e parou para olhá-lo. – Como pôde?

Damien ficou pensando se ela percebeu que estava com a fala levemente arrastada. Ela também colocara o cardigã, mas abotoado errado, e o cabelo estava desalinhado porque decidiu deixar o vidro do carro aberto para entrar ar fresco.

– Precisa sentar-se se vai me acusar de algo.

Ele a sentou em uma cadeira da cozinha e entregou um copo d'água e alguns comprimidos.

– Agora – ele colocou a cadeira de frente para ela e inclinou-se, descansando os braços nas coxas e encarando-a –, você vai começar uma discussão.

Violet estava hipnotizada por aqueles olhos. Ele não tinha se barbeado e havia uma sombra escura em seu rosto. Queria tocá-la. A tentação era tão forte que precisou sentar-se sobre a mão.

– Diga do que sou culpado – sugeriu Damien –, mas só quando terminar de olhar para mim. Não quero perder isso.

Violet corou e desviou o olhar.

– Agora vou ficar aqui no fim de semana – disse abruptamente.

A sensação dos olhos dele sobre ela e o cheio amadeirado de seu pós-barba eram um desastre ao seu equilíbrio. Depois da frieza recíproca dos últimos dias, essa atenção repentina acabava com seus nervos.

– Lembro-me de você concordando com algo assim.

Damien estava gostando da atenção. Gostava do jeito como os olhos dela desviaram do seu rosto e voltavam a encará-lo. Percebeu como detestara a frieza dela com ele. Dividiam o mesmo espaço por razões duvidosas, mas a proximidade e a necessidade de fingir deram certa vantagem ao que tinham. Um pouco de vinho baixou a guarda dela e ele gostou disso. Muito. Aproximou-se, como se não pudesse perder uma palavra.

– Está dizendo que não queria? – perguntou com voz de surpresa, como se só agora tivesse pensado nisso. – Talvez eu tenha interpretado mal a relação que você tem como minha mãe. Vocês parecem estar se dando muito bem.

– Isso não tem nada... a ver... com nada... – respondeu incoerentemente. – Gosto bastante da sua mãe. É por isso que eu... que acho um erro.

– Sinceramente, não estou entendendo.

– Eu deveria ficar somente até o fim da semana.

– E ficou. Está livre para ir assim que a semana acabar.

Ele recostou-se na cadeira, alinhando o corpo de lado, para poder esticar as pernas. Cruzou as mãos por trás da cabeça.

– Você tem uma vida em Londres. Sei que poderia fazê-la ficar, fazer o que eu quiser, por causa de sua irmã, mas...

Ele levantou-se e caminhou, pegou uma garrafa de água e bebeu enquanto a encarava.

– Mas? – Violet ainda não conseguia desviar o olhar dele.

– Mas isso seria uma história sem fim. Assim, quando voltar a Londres, sinta-se livre para pular do navio. Vou assinar uma garantia de que sua irmã não será processada. Ela estará livre como um pássaro para passear pela costa espanhola.

E você, para retomar sua vida.

– E o que vai contar à sua mãe?

Diante da perspectiva de voltar para sua vida, Violet foi assolada por uma série de dúvidas traiçoeiras de que essa vida que a esperava não era o tesouro brilhante que ela havia descrito. Ela não entendia direito, mas havia um entusiasmo estranho na companhia de Damien. Quando ele estava por perto, mesmo com a distância dos últimos dias, ela estava sempre consciente dele. Era como se tivesse recebido um intensificador de vida.

– Isso não é problema seu. Deixe comigo.

– Gostaria de saber – insistiu.

Sabia que estava se agarrando a uma tábua de salvação.

– Gosto muito da sua mãe, Damien. Não queria que ela...

– Ficasse magoada? Estressada? Pensasse mal de você? Todas as opções? Engraçado, mas eu estava achando que isso não importava. Afinal, cinco segundos atrás, estava me acusando de pegar você de surpresa ao não anunciar que não voltaria aqui nos fins de semana.

– Achei que gostaria de começar a preparar sua mãe.

– Um dia antes de ela começar o tratamento?

– Bem.

– Dominic se apegou a você.

– Sim.

Mais uma coisa para pensar, outro elo na corrente que teria que derreter quando fosse embora.

– Quando minha mãe começar o tratamento, provavelmente ficará muito fraca para ajudar meu irmão.

– Ele não precisa tanto de ajuda. Quer dizer, ele tem as cuidadoras.

– Mas sempre contou com minha mãe para o resto. Se ela estiver na cama, não vai conseguir.

– E é onde você precisa entrar – recomendou Violet.

Damien ficou vermelho de raiva. A conversa não era sobre ele. Os olhos brilhantes dela eram sinceros.

– Não posso estar disponível o tempo todo. Ainda tenho um negócio para administrar.

– Não precisa estar disponível o tempo todo. Dominic é feliz fazendo as coisas dele. Ele gosta daquele site que pedi a ele para criar. Além disso, percebi...

– Percebeu o quê?

– Você não gostou da última vez que dei minha opinião.

– Talvez eu tenha percebido que esteja na hora de parar de dar sua opinião como um trem descontrolado.

Aquilo não era justo. Todos os sinais de embriaguez tinham evaporado. Sentia-se sóbria. As mãos estavam frias e úmidas.

– Você fala o que quer. Talvez eu ache isso uma mudança. Então, não estrague o hábito de uma vida agora sendo reservada comigo.

– OK. Percebi que está se esforçando com Dominic. Quando chegamos, você mal falava com ele.

Considerando que ele pediu a opinião dela, Damien esforçou-se para se controlar.

– Continue – resmungou ele.

– Você nunca fala diretamente com ele. Fala com ele e volta a atenção para outra pessoa ou outra coisa. E, mesmo assim – ponderou ela –, sua mãe diz que vocês dois eram próximos quando crianças.

Então era sobre isso que falavam. Sobre ele. Sentiu uma culpa súbita que o acompanhava nos últimos dias.

– Está tarde. Melhor subirmos – disse suavemente.

– Nós? Não vai trabalhar?

– Vou levá-la ao quarto, primeiro. Minha mãe ficaria horrorizada se você tropeçasse na escada porque bebeu demais e eu não estivesse lá para ajudar.

– Está chateado pelo que eu disse.

– Tem o direito às suas opiniões.

– Não tive a intenção.

Ergueu-se um pouco desajeitada e virou-se para a porta da cozinha.

– Não teve a intenção do quê?

Ela sentiu a respiração dele em seu rosto quando Damien se inclinou para ouvi-la.

– Opinar. Não queria opinar sobre você.

Sentia-se tonta e sem fôlego quando ele a guiou para fora da cozinha e pelos corredores e salões que levavam para a escada até seu quarto.

– Acho difícil de acreditar, Violet – murmurou ele, com uma voz que a deixou em alerta. – Você sempre tem opiniões. Quando entrou em meu escritório, achei que era o tipo de pessoa que reuniu toda a coragem para me confrontar, mas que, sob circunstâncias normais, não teria colocado um ganso para correr. Errei.

Violet olhava para o patamar à frente. Quarto à direita. Achou que ela havia se recuperado da embriaguez do jantar, mas se sentia tonta e confusa e se perguntou se havia superestimado sua sobriedade, por fim.

Olhou para baixo e seus olhos pairaram sobre a mão bronzeada dele no corrimão, atrás dela.

O coração dela começou a bater mais forte.

– Todos os professores têm opiniões – disse com uma voz estrangulada.

Deu um passo para trás quando ele se aproximou para abrir a porta.

– Existe uma diferença entre ter opiniões e ser opiniático. Você é opiniática.

O braço dele roçou o dela e, mais uma vez, excitou-se com o contato. A excitação proibida percorreu seu o corpo, lembrando-o dela nua diante dele. Ele não ficava com uma mulher havia mais de três meses. Seu último relacionamento, curto, desintegrou-se com a falta de confiança e a necessidade dela de querer saber sobre o futuro deles. Nem mesmo a beleza, disponibilidade dia e noite ou o sexo criativo foram o bastante para mantê-los juntos.

Ele fechou a porta atrás dela e ligou a luz lateral, que deixou um brilho romântico no quarto.

– Você vai descer para trabalhar, não vai? – perguntou Violet nervosa.

– Acho que vou garantir à minha mãe que sou capaz de me envolver com a vida familiar e deixar os e-mails por ora. Você aprova, não?

Violet descobriu-se em uma posição de ter que concordar com ele, principalmente quando tinha dado suas opiniões a respeito.

– Então, se me der licença, vou tomar um banho.

Ele começou a desabotoar a camisa e se divertiu quando ela desviou o olhar. Era uma situação que a maioria das mulheres adoraria. Sozinha com ele no quarto. Ele captou o aroma da inexperiência, e a timidez dela fazia coisas incríveis com sua libido.

Ele não trancou a porta, mas se demorou lavando o cabelo e surgindo 20 minutos depois para encontrá-la com todas as suas coisas nas mãos.

– Você não tem uma valise para carregar todas essas coisa? – perguntou ele, e ela corou.

– Não quero perturbá-lo quando sair. Caso esteja dormindo.

– Muito bom.

Violet recuou, os olhos grudados no rosto dele, desviando do corpo musculoso, envolto apenas por uma minúscula toalha na cintura.

Ele dormia de pijama? Como poderia saber, se ele passou as últimas noites indo para a cama depois de 1h e levantando antes das 6h? Ela não tinha visto nenhum e percebeu que sua mente estava concentrada nisso quando se demorou no banheiro.

E, quando saiu, respirou aliviada por ele estar adormecido. Era uma sombra escura no quarto. Em uma cama enorme.

Quase sem respirar, ela deslizou sob o edredom e virou-se com movimentos exageradamente lentos.

– Você nunca me disse se virá ou não no próximo fim de semana. Nossa conversa foi interrompida.

Violet gemeu horrorizada por ele estar acordado e, pela voz, bem acordado. Ouviu-o arrumar-se na cama e, quando falou de novo, percebeu que ele olhava para ela.

– Acho que me perdi quando você decidiu me parabenizar pelo esforço com meu irmão. – Ele tocou o ombro dela com a mão fria e a pressão de Violet foi à estratosfera. – Odeio falar com alguém de costas.

Violet congelou. Sentia-se encurralada. Estava na cama com esse homem e podia se virar e reduzir o espaço ou ficar como estava, petrificada, e esperar que ele tirasse a mão. Relutantemente, ela se virou.

Os olhos ajustaram-se à escuridão do quarto e a boca ficou seca quando percebeu que ele estava com o peito descoberto. Apoiado sobre o cotovelo, o edredom estava na altura da cintura, permitindo um olhar sobre o peito perfeito com mamilos marrons e a quantidade certa de pelos que a deixavam sem fôlego.

– Melhor assim – disse Damien satisfeito. – Agora posso ver seu rosto. O que decidiu?

– Não podemos discutir pela manhã?

– Não acredito em deixar para amanhã o que podemos fazer hoje.

– Suponho que faria mal vir no próximo fim de semana – murmurou. Sob seu pijama de flanela, podia sentir o peso de seus seios, o que a fez lembrar-se do momento em que percebeu que ele a observara completamente nua. Esses ataques à sua postura faziam uma onda de calor percorrer seu corpo.

– Minha mãe e Dominic apreciarão. – A voz de Damien era baixa e sexy. – Assim – continuou – como eu.

– Você? Não está falando sério. Mal falou comigo toda semana.

– Digo o mesmo de você. Mas estamos falando agora.

– Sim.

– É bom, não é?

Violet ouvia a própria respiração. Suas palavras lentas eram pano de fundo para outra coisa. Sentia um instinto que nem mesmo sabia que possuía. Ele não estava tocando-a, mas era como se estivesse e embora soubesse que não podia ler sua expressão devido à escuridão, havia uma eletricidade entre eles que fazia seus pelos eriçarem.

Ele ia tocá-la? Claro que não! E, mesmo assim, era o momento de acabar com a conversa e virar-se. Seria difícil dormir com ele ao lado, mas ele receberia a mensagem de que ela não tinha mais nada a dizer. E, se não pudesse vê-lo, essa consciência esquisita que fazia seu pulso acelerar, desapareceria. Ele provavelmente teria levantado antes dela, como sempre, pela manhã, e voltariam à distância saudável entre eles.

Violet sabia exatamente o que fazer e como reagir, mas, para seu horror, viu-se tocando o peito dele. Apenas um toque. De onde veio esse pensamento? Como atravessara as paredes do bom senso?

E, de onde veio aquele som arfante enquanto seus dedos pousavam no peito dele?

Damien sentiu uma satisfação suprema. Nunca o toque de uma mulher fora tão bom. Era hesitante, tímido e o fazia arder, enquanto a puxava para perto.

CAPÍTULO 7

Os LÁBIOS dele encontraram os dela, e Violet ficou perdida. Enquanto, uma parte dela sabia que não podia, o restante se entregou a ele em total abandono. Não se cansava de tocá-lo. Queria explorar cada centímetro do corpo dele e começar tudo de novo. Nunca sentira algo assim. Para ela, fazer amor era algo calmo, prazeroso, mas seu único namorado, no início, era seu amigo. Damien certamente não era um amigo e isso não era calmo. Ele percorreu o contorno de seu ombro e sentiu-o sorrir contra sua boca.

Passou seu pé na panturrilha dele e tremeu, quando seu joelho tocou a rigidez de sua ereção. Quando a colocou sobre Damien, ela arqueou as costas e jogou a cabeça para trás enquanto ele desabotoava sua blusa e revelava os seios que balançavam provocantes sobre sua boca. Ela se endireitou para despir a camisola.

Olhou para ele, respirando com dificuldade, o cabelo caindo sobre os ombros. A pele dele era marrom-dourada, um bronzeado natural que contrastava com a palidez dela. Colocou as palmas das mãos sobre ele e sentiu seus músculos sob os dedos.

Ele a puxou e gemeu quando seus seios tocaram seu peito. Dessa vez, o beijo foi longo, lento e sem fim. Era um beijo para se perder. Um beijo que não deixava raciocinar.

A calça do pijama dela estava desconfortável. Sua calcinha estava molhada. Ela abriu as pernas e, através da flanela, sentiu a saliência de sua ereção.

– Não deveríamos – gemeu ela, ao mesmo tempo negando esse pensamento ao mover-se sinuosamente contra ele.

– Por quê? Nós dois queremos.

– Você querer algo não significa poder ir em frente e conseguir.

– Está dizendo que quer que eu pare?

Não tinha mais como parar. Damien sabia disso com todo seu ser. Ele a rolou para baixo dele, sufocando qualquer protesto e Violet passou os dedos pelo cabelo dele. Adorava aquela sensação sedosa. Tocá-lo assim, parecia decadente, um tabu, estranhamente perverso. Embora estivesse ali como sua namorada.

Sentia-se como uma donzela vitoriana à beira do desmaio quando ele colocou os dedos na cintura do pijama dela. Seus seios eram tentadores e saborosos, mas primeiro...

Ele puxou-lhe a calça e observou com satisfação quando ela a tirou. Quando foi tirar a calcinha, ele segurou sua mão. Podia ver a umidade em sua virilha quando ela o montou; ele colocou a palma da mão no local e começou a fazer movimentos até sua mão umedecer.

– Está gostando?

O antegozo percorria suas veias. Fazia seu sangue ferver. Ele queria ir mais devagar, mas estava difícil. Tudo o que conseguia pensar era em Violet sentada sobre ele, sentindo sua maciez revestindo-o e seu aperto enquanto ela se movia sobre ele.

– Quero que me toque.

Violet tremeu. A calcinha foi tirada. Estava enlouquecendo. Balançou as pernas para o lado da cama e jogou-a longe. Virou-se para vê-lo observá-la com um sorriso enquanto se tocava. Estava imenso. Uma enorme haste de dura de aço abrigada em espirais de cabelo escuro. Estava hipnotizada pela visão de sua mão movimentando-se suavemente, passando o tempo até que ela pudesse dar prazer.

– Preferia que você estivesse fazendo isso.

Violet afastou-se para tocá-lo com a língua.

Damien gemeu e deixou a cabeça cair para trás, os olhos fechados, deleitando-se com a língua e a boca de Violet. Agarroulhe o cabelo, segurando sua cabeça. Precisou esforçar-se para não atingir o clímax. Estava quase perdendo o controle e quase não percebeu, porque não era algo com o que estava acostumado. Para ele, fazer amor sempre fora uma arte, onde o prazer mútuo surgia com uma previsível, embora agradável, tendência.

Com um estremecimento, ele relutantemente a afastou dele e levou alguns segundos para se recompor.

Violet experimentou um sensação de poder. Esse belo macho alfa precisou se recompor por causa dela.

Divertia-se com a situação incomum de, pela primeira na vida, se soltar. Sentia-se como se tivesse passado anos tendo que ser controlada. Mesmo em seu único relacionamento, ela se mantivera aquela pessoa que sempre pensava antes de agir, que era sempre responsável. Ao dar a Phillipa permissão para ser quem queria ser, Violet, sem perceber, adaptou suas próprias reações, porque alguém precisava refrear, na ausência dos pais.

Agora...

Passava a língua em seu mastro rijo e sentia a aspereza das veias, um contraste com a suavidade da parte superior.

Hesitou por um momento, quando seu bom senso entrou em ação.

O que estava acontecendo ali? Ele era, sim, um homem atraente. Era compreensível que ela se sentisse atraída por ele. Atração e luxúria não tinham nada a ver com amor e afeto. Sabia disso agora. Mas por que ele a achava atraente? Estava acostumado com modelos. Vira fotos deles, e a primeira impressão dele não foi positiva. Ele estava ali porque o tédio gerou curiosidade e os dois, nessa situação, produziram o desejo? A farsa de representar se transformou em realidade?

Fosse qual fosse a razão, esse homem a desejava e, mesmo que por outros motivos nebulosos, ela também o desejava. Sabia o que deveria fazer. Mas, de repente, pensou na irmã flertando em Ibiza, fazendo o que queria enquanto ela, Violet, ficava para trás. Pensou em si mesma, sempre cuidando, enquanto o inesperado passava por ela, deixando-a de vigília.

Por que, pensou com rebeldia, ela não podia subir na montanha-russa, uma vez na vida? Por que tinha que se segurar no último minuto? Seria justo consigo mesma? Certamente não seria com ele.

O que eles tinham não ia durar, mas o que tinha a perder? Damien não significava nada para ela. Ele a excitava, mas ela sempre conseguia deixar a luxúria de lado, porque, cedo ou tarde, seu bom senso voltava dizendo que estava na hora de seguir em frente. Quando chegasse a hora, ela pularia fora e voltaria ao jogo dos encontros. Encontraria um cara legal. Nunca olhava para trás e se arrependia.

Ergueu a cabeça para encontrar os olhos dele e ler o desejo explícito neles.

– Você é fabulosa – disse ele.

Violet sorriu e corou, porque nunca foi chamada assim.

– Está falando por falar.

– Não me diga que nunca deixou seu homem louco antes.

Ele se ergueu, puxou-a e beijou-a com urgência. Ele não queria pensar nela com outro homem. Era uma atração momentânea de posse que era completamente estranha a ele.

Sua boca não largou a dela quando encontrou um seio e o massageou, encontrando o bico ereto para provocá-lo até que ela se retorcesse de prazer.

A voz dele estava rouca e irregular, ele disse exatamente o que queria fazer com ela, onde queria tocá-la, o que queria que ela sentisse.

A pele de Violet ardia com a sensação do que ele estava dizendo. Sua experiência com o sexo oposto estava limitada a um cara, mas nada a teria preparado para essa carga máxima sensorial. A fala rouca dele fazia coisas com sua mente enquanto a mão dele, agora entre suas pernas, tinha efeito similar sobre seu corpo.

Ela estremecia e gemia, baixando-se para cravar os dentes no ombro dele. Ele a rolou e agora estava por cima. Ela observava sua cabeça escura enquanto percorria com sua boca os ombros até chegar ao mamilo. As unhas dela cravaram em seu ombro, seguindo para seu cabelo, estimulando ainda mais a boca dele em seu mamilo.

Ele pediu que dissesse o que gostava. Violet corou e achou que isso era algo que nunca conseguiria fazer nem em um milhão de anos.

– Então... – Damien estava excitado com sua timidez.

Ele estava completamente certo quando disse que ela precisava de uma mudança. Ele se erguera, seu corpo forte sobre o dela, sua rigidez a pressionando, o que a fez abrir desesperadamente as pernas e guiá-lo. Ele riu quando ela tentou e disse que não ia fazer nada disso. Ainda.

– Você não fala durante o sexo.

Ele deslizou dois dedos dentro dela, sentiu sua umidade e começou a provocá-la, roçando o botão de seu clitóris até que ela estivesse sem ar, a fim de desviar a tenção para que ela ainda não chegasse ao orgasmo.

– Damien.

– Como espera que eu saiba o que a excita se você não me fala?

– Você sabe o que me excita... Você... Você...

– Entrando agora?

– Por favor...

– Gosto que implore, gosta quando eu falo?

Ele sussurrou mais algumas coisas, e ela gemeu.

– Então?

Seus dedos foram mais fundo e ela apertou as pernas.

– Sim – sussurrou Violet e deu um sorriso perverso –, mas agora tem outra coisa que quero que faça...

– Diga...

– Não posso. – Ela se sentia como uma virgem.

– Claro que pode.

Estava difícil de segurar esse ritmo. O corpo dela pressionado contra o seu era e a umidade entre suas pernas era algo em que não podia pensar, pois perderia o controle.

– Gosto quando suga meus mamilos. – Violet sentiu a pele arder como fogo.

Sentia-se ardente, perversa e completamente debochada. Por um segundo, entrou em pânico pensando que um homem com quem não tinha nada em comum a deixara assim.

– Seu desejo é uma ordem e tenho outras coisas guardadas para você.

Violet decidiu não pensar. Mergulhou na sensação enquanto ele sugava seus mamilos, sua língua dardejando, roçando, lambendo, e, então, gemeu, chocada, enquanto sua boa descia. Quando ela gaguejou que nunca... ele não podia estar... ele riu, divertido, e continuou o que ela nunca...

Sua cabeça entre as pernas dela a enlouquecia. Damien a provocava com a língua até ela não aguentar mais, então, ele se posicionou para que ela pudesse lhe dar o mesmo prazer.

As pernas dela estavam abertas enquanto ele se deliciava. A língua explorava cada pedacinho dela e ela da mesma forma nele, tomando sua grandeza em sua boca, saboreando ao máximo. Somente quando percebeu que os dois estavam no limite, ele se ergueu, parando só para perguntar se ela estava precavida. Ele respirava pesadamente.

Por que estaria? Balançou a cabeça. Procurou sinais de impaciência em seu rosto, mas não havia nenhum. No entanto, ele roçou nela e disse que o ato completo teria que esperar.

– Há outras maneiras nos mantermos ocupados.

Violet ficou sem palavras com a generosidade. Ela não era totalmente ingênua. Sabia que muitos homens ficariam furiosos, mesmo que não fosse culpa da mulher. Muitos homens eram egoístas. Damien claramente não era um deles.

Algo mudou dentro dela, mas era algo que ela não parou para analisar. Não quando ele a tocava de novo, enterrando a cabeça entre suas coxas, provocando seu clitóris com a língua.

Seus corpos pareciam fundir-se em um e quando ela finalmente gozou, erguendo-se contra sua boca, estava exausta. Procurou por ele cegamente, sentindo sua rigidez e curvou-se para alcançá-lo com a boca, para que pudesse levá-lo às mesmas alturas que ele a levara.

Seus corpos estavam grudentos de transpiração e o quarto tinha o miasma do sexo. Ele puxou-a antes do orgasmo e ela sentiu seu gozo no rosto e corpo. Era como sua própria umidade que brilhava no rosto dele. Quando se beijaram, foi a coisa mais sensual que já fez. Sentia-se exultante com a perda do autocontrole.

– Acho que amanhã podemos ir à farmácia.

Damien estava no topo do mundo. O que tinha essa mulher? Não tinham nem mesmo ido até o fim e nenhum toque criativo podia ser comparado com a sensação única da penetração. Mesmo assim, ele estava com uma sensação de absoluto bem-estar. Ele queria começar tudo de novo, tocar, percorrer seu corpo com suas mãos, saborear.

Ele a puxou contra ele e saboreou a maciez de seus seios comprimidos contra seu peito.

– Não sei como aconteceu.

– Está dizendo que queria que não tivesse?

– Não – admitiu Violet –, mas não sou o tipo de garota fica transando por aí.

– Nem mesmo com o namorado por quem está perdidamente apaixonada?

Precisou de alguns segundos para registrar que ele estava provocando.

– Ha, ha, ha, muito engraçado – respondeu ela.

Mas e agora? Queria perguntar, mas não era apropriado.

– Isso complica as coisas – disse.

Era exatamente por isso que ele tinha se esforçado tanto para evitar aquilo. Mesmo quando reconheceu que estava atraído por ela, embora fosse um homem que nunca cruzava a fronteira entre atração e possessão, foi por isso que Damien recuou. Porque reconheceu que dormir com ela seria complicar uma situação já complicada.

Agora, com seu corpo sexy pressionado contra ele, não havia espaço para complicações.

– É uma maneira de analisar. Por outro lado, poderia dizer que a situação ficou mais interessante.

– Não sou uma pessoa interessante.

– Deixe a avaliação comigo.

Ele passou a mão sobre sua coxa, deslizou por entre suas pernas, seu aquecedor pessoal de mão.

Violet sabia exatamente de que avaliação ele estava falando. Não tinha nada a ver com personalidade.

– Aqui estamos e estamos dormindo juntos. Pode dar mais veracidade à situação. Não precisa fingir.

Só que ainda estavam, pensou Violet. Fingindo uma ligação emocional que estava ausente. Embora houvesse uma física agora.

– Você está com a testa franzida.

– Não consigo evitar.

– Viva o presente.

– Nunca fui boa nisso. Quando nossos pais morreram, fiquei com a guarda de Phillipa e a última coisa que podia me dar ao luxo era viver no presente.

– Sei como é – murmurou Damien.

Ele não era chegado a conversas em busca da alma, mas se sentia incrivelmente relaxado.

– Com uma irmã como ela, você teve que se preocupar pelas duas.

Ele gentilmente separou suas pernas e deslizou o dedo pela dobra que protegia sua feminilidade como as pétalas de uma flor.

– Não consigo... falar com você fazendo isso.

– Por mim tudo bem. Tocar e falar não andam juntos. A menos que sejam obscenidades, o que descobri que a deixam excitada.

– Mas precisamos falar.

– Não prefere...

– Damien!

Ela sentia o corpo ficar tenso e se encaminhar para o clímax. A mão dele fazia de tudo com ela e mesmo assim havia coisas a serem ditas.

– Eu sei. Irresistível, não? E você pode ver o quanto me excita, também.

Violet ficou imaginando se eles tivessem ido até o fim. Sua imaginação alçou voo como os movimentos cada vez mais rápidos em seu clitóris e, quando gozou, sentiu-se exaurida.

Ela se curvou contra ele.

– E agora?

Ela não queria fazer a pergunta, mas precisava.

Damien calou-se. Perguntas assim sempre o desanimavam. Porém, essa era uma situação mais objetiva.

– Você vem no fim de semana seguinte. Como combinamos. Mas não ficarei trabalhando até 1h e levantando às 6h.

A perspectiva de morar temporariamente no interior assumiu um ritmo nitidamente otimista.

– Mas não sou sua namorada.

– Aonde quer chegar?

– Falamos durante a semana? – Ela mordeu o lábio inferior tentando entender uma relação que não era uma relação. – Ou ficamos juntos apenas aqui? – Quer dizer – acrescentou no caso de ele achar que ela ficaria ansiando pela companhia dele –, e se eu conhecer alguém? Tenho uma vida social. Os professores saem depois da escola. A maioria de nós precisa de um happy hour depois de um dia na companhia de crianças cheias de energia.

– Conhecer alguém?

Ele mudou de posição para encará-la.

– Estava pensando em voltar a namorar. Por alguma razão, com Phillipa por perto, isso era difícil. Acho que ela consumia minha energia. Passei muito tempo me preocupando com ela e ouvindo suas sagas e nunca tive tempo para mim. Com Phillipa em Ibiza, agora...

O cérebro de Damien ainda estava na parte do "voltar a namorar". Eles haviam acabado de fazer amor! Estava indignado. Como ela podia pensar na perspectiva de ter outro cara quando estava ao lado dele, o corpo ainda quente do orgasmo?

– Desculpe, mas isso não vai acontecer.

Deitou-se de costas e ficou olhando para o teto. Percebeu que ela também olhava para o teto.

– Não estou entendendo.

– Como você diz que não pula na cama dos homens e fica falando que quer começar a sair e a dormir com quem quiser?

– Não foi o que eu disse!

– Não? Pareceu que sim. E fiquei muito ofendido de você ter tocado no assunto depois de passarmos uma hora e meia fazendo amor. Na verdade, não deveria nem pensar em outros homens. Eu deveria ser o único homem na sua cabeça.

– O jogo mudou – disse Violet calmamente – e as regras são diferentes agora.

– Esclareça.

– Por que precisa ser tão arrogante?

– É um dos aspectos da minha personalidade. Mas você ia falar das novas regas.

– Eu... por alguma razão me sinto atraída por você – disse, respirando fundo. – Você disse que eu deveria viver o presente e acho que é minha oportunidade de fazer isso. Nunca achei que fosse acontecer, mas aí está você.

– Então... outros caras... fora de questão. Clubes noturnos e sexo depois do happy hour, também fora de questão.

– Então as regras também se aplicam a você.

Damien ficou de lado e olhou para ela. Combinando com uma conversa séria, ela puxou o edredom até o pescoço.

– Com prazer.

Ele puxou o edredom para baixo, expondo seus seios e ele gentilmente contra sua língua.

– Com prazer.

Violet puxou-o para cima, para que ele olhasse para ela, embora seu corpo ansiasse por continuar o que estavam fazendo.

– Sou homem de uma só mulher.

Violet ficou pensando se era porque ele estava temporariamente longe da ação, mas admitiu que, embora arrogante e irritante, suas regras eram justas.

– Além disso – ele mordiscou-lhe o lábio –, isso funciona.

– Você disse que primeiro pensou que se envolver assim...

– Cair na cama e fazer amor até estarmos exaustos demais...

– Complicaria as coisas.

Violet não sabia o que queria que ele dissesse. Ela jogou a cautela para o espaço e se sentia confusa. Nunca se sentira tão fisicamente satisfeita e, mesmo assim, a estrada à frente parecia opaca e nebulosa com a incerteza. Talvez não quisesse rotular o que tinham, mas tinham algo. Mas por que não parecia assim? Ela esperava mesmo que ele acalmasse as ansiedades dela?

– Eu estava generalizando. Descobri que as mulheres parecem associar diversão na cama com conhecer os pais e escolher anéis de noivado. Você – sua mão acariciava-lhe o seio, não se saciava dela – está em uma categoria diferente. Você sabe como as coisas funcionam. Não estou procurando compromisso. Já tive e não quero mais passar por isso. Mas o que está acontecendo agora é maravilhoso e não sou de ficar usando superlativos. – Ele abriu um sorriso ardente que a fez corar. – Não vou jogar minha rede por aí, se isso a deixa feliz, pode se comunicar comigo o quanto quiser durante a semana. Na verdade, você vai precisar ter notícias da minha mãe. Tenho certeza de que ela vai ligar. Não seria normal você não ficar sabendo como ela está. Então, acho que as perguntas foram respondidas.

Estavam se divertindo e era conveniente. Mas ele confiava que ela não se envolveria. Quando falou sobre ligar durante a semana, ela sabia que seria sobre Eleanor, que foi a razão por tudo isso ter começado. Não ficariam conversando sobre nada que não fosse específico. Violet decidiu que estava bem com isso. Não era o tipo de pessoa que separa sua vida em seções. E assim foi feito. Lógico que precisaria se acostumar, mas conseguiria porque ansiava pela satisfação física que ele introduzira em sua vida.

Ela separou as pernas e sentiu sua rigidez roçando nela. Nenhuma penetração, mas a sensação produzida ainda era forte e ela se mexeu para aumentar a pressão.

– E quando as coisas esfriarem entre nós – disse sem fôlego.

– Isso se chama curso natural dos acontecimentos.

Ela não conseguia imaginá-lo tão apaixonado a ponto de propor casamento. Não podia ficar pensando nele falando em compromisso em vez de "curso natural dos acontecimentos". Para um homem tão orgulhoso e passional, ela entendia os danos causados pelo fracasso da relação mais significante de sua vida. Eleanor nunca mais tocou no assunto Annalise, nem ela. O passado de Damien não era da sua conta. Era o aqui e agora. Tudo o que ele tinha dito fazia sentido. Era a oportunidade de ela sair da zona de conforto e não havia motivo para um debate sobre os prós e os contras.

– Seguiremos nossos caminhos, mas, enquanto formos amantes, você está vai descobrir que sou muito generoso.

– Seu dinheiro não significa nada para mim.

Tentou não se sentir magoada com a implicação de que estaria ansiosa pelos presentes que ele daria.

– Não me importa que seja o dono do Banco da Inglaterra. Não quero nada de você.

Damien achou que ela diria isso agora. Que mudaria no segundo em que ganhasse sua primeira pulseira de diamantes ou carro top de linha.

– Sinceramente, minha mãe esperaria por isso.

– Ela sabe que não sou materialista.

– Mais confidências durante o bate-papo de vocês?

Ele gostava dos protestos dela. Que cara não gostaria? Mesmo que, cedo ou tarde, a moral fosse abatida? A ganância e a avareza frequentavam sua vida. Não as queria batendo em sua porta agora.

– Não falamos apenas sobre você.

– Magoei. Achei que nunca estivesse longe de seus pensamentos.

Ele roçou ligeiramente nela e ela se contorceu, os olhos agitaram-se. Para evitar perder o controle mais uma vez, ela desceu a mão e o agarrou com firmeza. A rigidez de aço de seu membro fez com que estremecesse de prazer.

– Não estava nos meus pensamentos – negou Violet vigorosamente.

Isso implicaria em ligação. Ela não queria que ele pensasse que seria mais para ela do que ela para ele.

– Você surge na conversa porque é quem temos em comum e uma namorada ficaria feliz em saber das histórias contadas pela sogra. É natural que sua mãe fale sobre você. Mas também falamos sobre outras coisas. Arte, jardim, vida em uma comunidade pequena, o tratamento e as implicâncias. Eu não converso apenas com sua mãe. Também converso com Dominic. Ele tem muito a dizer. Precisa ser paciente. Ele fica frustrado porque não consegue se comunicar com fluência como gostaria, mas é inteligente.

Damien afastou gentilmente a mão dela. Com relutância. O alerta não deveria ter tocado. Estavam no mesmo ritmo, afinal.

– Não se envolva demais, Violet.

– O que quer dizer?

– Podemos no envolver ainda mais um com o outro sem nem mesmo previrmos, ou desejarmos, e seu papel pode ter tomado uma proporção maior, mas não nutra ideias de permanência.

– Eu não faria isso – disse, afastando-se dele. – E não precisa me alertar! Já determinou seus parâmetros do que temos. Eu entendi, Damien. E está bem para mim! Não sou idiota.

– Mas está criando elos com minha família – disse secamente.

– Estou conversando.

Mas ela detectou frieza na voz dele. Não era um alerta gentil. Era um lembrete para não ultrapassar o aviso de "Afaste-se" que ele havia colocado. Se ultrapassasse, seria descartada. Ele podia gostar dela, mas era só até aquele ponto. Em resumo, não tenha ideias.

– Já sou crescidinha. Sei me cuidar. As mulheres com quem saía queriam mais de você do que estava preparado para dar, mas comigo não é assim. Sempre fui cuidadosa. Só estou me permitindo ver como é não ser tão cautelosa uma vez na vida. E você sempre tem uma lista preparada de sim e não quando começa algo? Com qualquer mulher? Ou é só comigo, porque conheço sua família?

Violet sabia que não devia fazer isso. Não era parte de sua decisão ser assim ousada.

– Sempre sou franco quando se trata de mulheres. Já digo que não será duradouro.

– Porque foi magoado uma vez não significa que tenha que passar o resto da vida mantendo a distância.

– Como? – disse ele com frieza.

– Desculpe. Não devia ter dito isso.

Mas ele não estava cheio de regras devido a Annalise? Não, ela não estava na mesma categoria, mas não precisava se sujeitar a todas essas limitações porque ele achava que ela era ingênua ou estúpida demais para saber como as coisas funcionavam.

– Vamos mudar de assunto, Violet. Meu passado não é para ser discutido.

E ele queria deixar para trás. Sua própria magnanimidade o surpreendia porque ele não deixava ninguém opinar sobre determinados aspectos de sua vida. Naturalmente, não queria criar uma discussão. Não gostou dos últimos dias de estranheza. E, estava pensando com a parte do corpo que estava sempre no controle. O desejo nunca foi um fator importante em sua resposta.

– Como eu disse, entendo os parâmetros e está bom para mim.

– Em outras palavras, você está me usando. – A voz dele era alegre.

– Não mais do que você a mim.

Não era a resposta que ele esperava. Ele riu alto. Muito justo, pensou. Não era? Nunca teve uma mulher que admitia usá-lo. Qual o problema se a sensação não fosse boa? Ele a desejava. Ela o desejava. Retire o excesso e teria tudo o que importava.

CAPÍTULO 8

DAMIEN LEVOU a mão ao bolso do casaco, tirou uma caixa preta e dourada que estivera ali nas últimas três horas e abriu-a.

Um colar com um pingente em forma de lágrima, um rubi vermelho-sangue, circundado por minúsculos diamantes. Ele mesmo escolheu. Bem, por que não? A recompensa adequada pelos últimos três meses e meio durante os quais, Violet provara ser uma amante maravilhosa. Ele sempre dava presentes para suas amantes. Ela poderia ter frustrado toda tentativa dele até agora, recusando um carro, pois quem precisava encarar um trânsito confuso, sem mencionar na contribuição?

O colar tinha sentido de "missão cumprida". Ela não teria como não aceitar.

Damien fechou a caixa e colocou-a de volta no bolso, antes de sair do carro e seguir para a casa dela.

Ele se acostumou ao lugar confinado onde ela morava. Literalmente dois por dois. Phillipa ainda estava em Ibiza. Ele não imaginava a claustrofobia de dividir o lugar com outra pessoa. Pessoalmente, teria enlouquecido. Estava acostumado com o espaço amplo e aberto de sua casa de cinco quartos em Chelsea. Quando se mudou, três anos antes, contratou um arquiteto renomado que reconfigurou a disposição da casa para que os quartos, todos de pedra pintada e decorados com arte consagrada e peças modernas dignas de investimento, fluíssem um no outro.

A casa de Violet parecia um favo de mel. Duas semanas antes, ele se oferecera para reformar tudo, mas ela olhara para ele e rira. Como alternativa, Damien disse que podiam passar mais tempo na casa dele. Ele dividia o tempo entre Londres e o sudoeste do país. Por que não fazer amor no luxo? No entanto, Violet disse, como que pedindo desculpas, que não gostava da casa dele. Era estéril e cínica. Damien preferiu não dizer que ela era a primeira mulher a considerar a opulência algo negativo.

Tocou a campainha e perdeu a linha de pensamento ao som de passos se aproximando.

De dentro da casa, Violet sentiu o tremo da excitação já familiar. Depois do primeiro mês, e como Eleanor estava respondendo bem, Damien passou a dividir seu tempo. Sempre passava os fins de semana no interior e geralmente também nas segundas-feiras, mas passava mais tempo em Londres, agora e Violet gostava disso. O que ela estava fazendo era ruim para ela mesma. Sabia disso. Não entendia de onde vinha essa química urgente entre eles. Tendo sempre associado sexo com amor, ela aprendeu rápido como tudo podia virar de cabeça para baixo facilmente.

Também aprendeu rápido como era fácil se perder nas regras do jogo.

Quando passou a ansiar pela semana para vê-lo? Quando sacrificou todos seus princípios e todas as suas expectativas de que um relacionamento deve render-se ao altar-mor da luxúria, paixão e sexo?

Disse a si mesma que tinha jogado a cautela pela janela. A maior parte de sua vida adulta foi sendo responsável, diligente e cuidadosa. Então, por que não experimentar algo que não envolvesse fazer a coisa certa? Decidiu que devia isso a si mesma. Estava bem crescidinha e era capaz de lidar com uma relação sexual com um homem por quem estava atraída.

Então, por que agora era tão difícil manter a máscara de não se importar nem um pouco se ele nunca discutia nada sobre o amanhã? Se ele admitiu que tudo o que tinham morreria em algum momento? Pensava cada vez mais em Annalise, a esposa que nunca foi. Ele nunca mencionava o nome dela. Isso queria dizer algo, porque três semanas atrás, jantando em um restaurante, ele encontrou uma mulher e contou a Violet que a namorara por alguns meses. A mulher era uma beleza de 1,80m com cabelo cor de fogo, caída sobre um homem muito mais baixo e mais velho. Em seguida, Damien riu e contou que o homem em questão era um bilionário russo, casado, mas com sua mulher escondida em algum lugar de São Petersburgo.

– Não sente nenhuma pontada de ciúmes em vê-lo namorando uma mulher com quem já saiu? – perguntou Violet. Que homem não ficaria?

Damien riu. Por que sentiria? As mulheres vêm e vão. Boa sorte para o cara.

– Era cara demais para você? – perguntou Violet, o que o divertiu mais ainda.

– Ninguém é cara demais para mim. Terminei com ela porque ela queria mais do que o dinheiro podia comprar.

Aquilo dizia tudo, pensou Violet. A mulher queria um anel no dedo. Damien, por outro lado, não queria compromisso.

A única mulher com quem ele quis, partira seu coração.

E, mesmo assim, sabendo disso, ela sentia-se cada vez mais afastada da lógica, do bom senso e do autocontrole. Um homem prevenido vale por dois.

Ela abriu a porta e sentiu aquela sensação estranha como se estivesse no elevador e ele caísse rapidamente centenas de andares.

Era quinta-feira e ele tinha vindo direto do trabalho, apesar de estar sem gravata e o casaco pendurado no ombro.

– Damien.

– Sentiu saudades?

Seus olhos azuis passearam por ela com apreciação masculina. Sem sutiã. Ele havia dito que era uma peça desnecessária, ao menos em casa, quando a mulher tinha seios perfeitos como os dela. E ele era o homem em questão.

Entrou pelo minúsculo corredor, os olhos grudados nela o tempo todo.

O sorriso era indolente. Jogou o casaco que pousou no corrimão e passou os braços ao redor dela, puxando-a para si, para saciar um pouco a ânsia que estava se formando dentro dele. A boca dela se entreabriu e ele gemeu de prazer quando suas línguas se encontraram.

Violet colocou as mãos no peito dele e o afastou.

– Sabe que odeio quando a primeira coisa que você faz quando entra é... é...

– Beijá-la?

Damien passou os dedos no cabelo. Sinceramente, ele também não gostava de perder o autocontrole quando estava com ela, mas não comentou.

– É porque da última vez não conseguimos nem subir as escadas? – disse ele. – Na verdade, se eu me lembro, o suéter estava no segundo degrau, seu mamilo na minha boca, e eu estava explorando outras partes de seu corpo...

Violet corou.

Nesse momento, embora ele tenha feito o que ela pediu, o que ela queria era puxá-lo para continuarem o que começaram.

Essas demonstrações de força ajudavam a manter a fachada da casualidade. Ela sabia que tinha que se prender a isso.

– Vou preparar algo especial.

Foi para a cozinha e tirou uma cerveja do refrigerador, que ele pegou, inclinando a cabeça e bebendo longos goles.

– Por quê?

Violet irritou-se. Demonstrações domésticas nunca eram apreciadas. Ele nunca disse, mas seu *chef* prepararia uma comida deliciosa, que ele traria junto, e só precisariam de micro-ondas e pratos. O ritual da comida era apenas uma interrupção ao evento principal.

– Estou experimentando uma refeição para ensinar aos meus alunos – mentiu, e ele deu de ombros, bebendo mais alguns goles, antes de puxar uma cadeira e sentar.

Violet agitou-se. Agora que não estavam arrancando as roupas um do outro, ela queria que estivessem. O corpo dela formigava ao saber que ele estava olhando para ela. Adorava quando os olhos dele ficavam escuros e cheios de intenção.

– Diga como está sua mãe.

Ouviu-o falando sobre as recentes viagens à cidade, o humor alegre, que contrastava com o desespero quando ela contou para ele no início. A recuperação estava além das expectativas dos médicos.

Violet ouviu sem muita atenção. Sua mente estava naquelas perguntas que fizera a si há pouco. Dizia algo e esperava pelo melhor. Estava distante quando Damien sussurrou em seu ouvido.

– Deve ser uma receita difícil, Violet. Você está olhando para o nada há uns cinco minutos.

Violet voltou para o presente e virou-se para ele.

– Estou pensando em algumas coisas.

– Algo que vou gostar de ouvir?

Ela hesitou, não queria chutar o balde, mas precisava falar.

– Não, coisas da escola.

Esquivou-se, pois sabia que estragaria a noite.

– O que posso fazer para tirar isso dos seus pensamentos?

Damien sentiu sua tensão evaporar. Achou que estivesse imaginando a densidade do ar. Virou-se para a tábua de cortar, onde ela estava misturando um molho e passou os braços ao redor dela.

– Parece bom. O que é?

Ele deslizou a mão por baixo de sua blusa e fez o que queria fazer desde que chegou. Acariciou seu seio, parando no mamilo e roçando-o gentilmente e insistentemente com o polegar. Com a outra mão, mergulhou o dedo no molho, lambeu e ofereceu o resto para ela. A boca de Violet circundou seu dedo e ela estremeceu com o erotismo do gesto.

Moveu-se pela pia da cozinha, levando alguns pratos consigo e ele a soltou, mas apenas brevemente, antes de reassumir sua posição atrás dela.

Lá fora, com os dias ficando mais longos, a escuridão estava apenas começando. A visão que ela tinha não era nada excitante. Os fundos da casa davam para a parede de outra casa; o espaço externo era um pequeno jardim com tamanho suficiente para Phillipa se bronzear.

Seus corpos, unidos, refletiam nas janelas que davam para o jardim e seus olhos emaranhados no reflexo, quando ele ergueu seu suéter até ela conseguir ver os dois corpos e a nudez dos seios pálidos. Ela ofegou e pressionou seu corpo contra o dele quando ele começou a massageá-los com movimentos rítmicos e firmes que deixou seus mamilos salientes e distendidos.

– Damien, não... alguém pode nos ver.

Embora não fosse possível, pois o bom da casa é que era surpreendente privada, mesmo em Londres, onde privacidade era uma raridade. O pequeno jardim nos fundos era fechado com uma cerca e uma árvore frondosa no jardim do vizinho assegurava uma visão limitada.

Damien continuou a acariciar seus seios, enchendo suas mãos com o peso dele, balançando-os de leve, como se estivesse avaliando seu valor.

– Fique nua para mim – murmurou ele mordiscando seu pescoço e trilhando beijos ardentes.

– Fique o quê?

– Não finja que não ouviu. Fique nua para mim. Tire as roupas. Arranque-as. Talvez eu a deixe ficar com esse avental.

– Não vou me vestir para seu prazer.

Mas o pensamento de seus olhos negros e intensos percorrendo seu corpo nu enquanto se movia pela cozinha a deixou ardente e perturbada.

– Não estou pedindo para se vestir, mas, sim, para tirar.

Ergueu o suéter dela acima dos seios e Violet respondeu virando-se para ele, os seios nus comprimidos contra o peito dele.

Ela começou a desabotoar a camisa. Comparando com a inexperiência de meses atrás, estava agora mais confiante. Ele podia não oferecer o que uma mulher espera de um relacionamento, mas certamente a transformara em uma mulher que não hesitava mais quando se tratava de responder ao que dava prazer.

Enfiou as mãos sob a camisa dele e sentiu o roçar abrasivo de seu peito, não era suave nem andrógino, mas agressivamente masculino com seu cabelo escuro. Lentamente, ela foi tirando a camisa dele, percorrendo o contorno dos músculos com as mãos, até que se unisse ao seu suéter no chão da cozinha.

Ele se apoiou no balcão, prendendo-a e beijando-a longamente até que seu corpo ardesse e ela sentisse a própria umidade entre as pernas.

– Essas calças de moletom deviam ser banidas de seu guarda-roupa, não fazem jus à sua beleza.

Ele deslizou os dedos sob o elástico na cintura e puxou para baixo, para que ela a tirasse. Quando ele olhou para baixo, viu aqueles seios generosos movendo-se, macios e suculentos. Incapaz de resistir, pegou um e ergueu-o até que o mamilo apontasse para ele. Relutantemente, decidiu que um ataque completo teria que esperar.

Queria ir devagar. Ela estava na cabeça dele havia dias, desde o último encontro, na semana anterior. Tinha passado horas fantasiando sobre o próximo encontro e queria suas fantasias realizadas.

– O mesmo para a calcinha.

– Mas é uma calcinha de renda, nova – protestou simulando mágoa. – E bem cara.

– Compro a loja para você. Assim pode guardar seu salário suado para outras coisas.

Violet percorreu o contorno dos mamilos dele, umedeceu os dedos com a língua e percorreu novamente, deleitando-se com a maneira com que ele se curvou em resposta.

– Gosto da calcinha – disse roucamente –, só não gosto nesse momento em particular.

Puxou a renda e antes que ela pudesse protestar, ajoelhou-se na frente dela.

Olhando para baixo, ofegante, Violet viu a cabeça escura de um suplicante. Mesmo estando longe de ser um. Era excitante demais.

Ele gentilmente separou as pernas dela e puxou a calcinha para o lado, revelando o viço de seus pelos.

Com um estremecimento, ela agarrou-se no balcão, jogou a cabeça para trás, sabendo que se não fosse cuidadosa, chegaria ao orgasmo em segundos. Com sua língua deslizando na fenda de seu sexo molhado e receptivo, ela podia ouvir os sons enquanto ele lambia e explorava, com o dedo segurando a calcinha para o lado.

Ela se agarrou com mais força e mordeu os lábios para não gozar em sua boca.

Puxou-lhe o cabelo, e ele ergueu-se. Suas mãos desajeitadas lutavam com a calça dele, que riu e abriu o fecho.

– Não chegamos à comida – murmurou ele.

– Mas ao menos não estamos na escada.

Ela estava desesperada por ele, como sempre, quando ele entrava pela porta.

– Não. A cozinha. Muitas maneiras de ser criativo e você prefere comer a comida em vez de tentar brincar com ela.

Damien riu da expressão chocada dela. Violet só tivera outro amante e, toda vez que faziam amor, era como se fosse a primeira e a sensação que gerava não era de satisfação.

– Certo – falou arrastado –, quem sabe da próxima vez. Posso ensinar algumas coisas que podem ser feitas com champanhe e cerejas.

Ele retirou as calças e a cueca com um único movimento. A cozinha estava aconchegante e cheirosa com a comida que já começara a preparar. Lá fora, a noite tinha finalmente caído. Com as luzes apagadas, eram duas sombras se tocando.

Ele sentiu o perfume dela, um floral leve. Não teria ficado bem em ninguém, mas ficava ótimo nela. Mesmo quando estavam longe, ele sentia o perfume e ficava excitado. Como era possível? Ele fechou os olhos e ficou aliviado por ela não testemunhar esse lapso em seu autocontrole.

Por alguns segundos, uma sensação de raiva ardeu dentro dele. Uma raiva confusa e caótica que remetia ao poder que ela às vezes achava que tinha sobre ele. Ergueu-a e sentou-a no balcão, tirando do caminho os restos de comida e talheres.

– O que está fazendo?

A voz de Violet ficou ofegante quando seu bumbum tocou a superfície fria.

– Estou carregando você.

– Mas...

Ele não disse nada, apenas a segurou com uma mão enquanto pegava no bolso da calça uma camisinha. Estava rígido e ereto, ansiando por entrar nela e sentir-se envolto como uma luva.

As mãos dela estavam em seus ombros e as unhas cravadas em sua carne. Inclinou-se para trás, os seios expostos, os mamilos pedindo atenção. Ele parou por um momento para tomar um em sua boca e sugá-lo até que ela estivesse implorando. Abrindo suas pernas e ajeitando-a, ele a penetrou.

O prazer explodiu como um raio. Ela sentia cada centímetro dele enquanto ele se movia dentro dela, forte, profundo, intenso. Era quase rude e, mesmo assim, era muito bom. Ela se ouviu gritando e o som parecia vir de outra pessoa.

– Fale comigo! – ordenou ele, enroscando seus dedos no cabelo dela, fazendo com que olhasse para ele.

Violet olhou, pois não conseguia se concentrar em algo que não fosse o que ele estava fazendo com ela.

– Damien!

Ele falou obscenidades para ela, mas era algo que ela não falava de volta. Sempre havia algo de puritano no caminho.

– Diga como está se sentindo comigo dentro.

Ele enfatizou a ordem com uma força que a fez deslizar um pouco para trás no balcão.

Violet estremeceu. Agarrou-se a ele e disse exatamente o que ele queria saber. Seus seios doíam por ele. Desejava sua boca sobre a dela. Sempre queria mais.

Cada palavra parecia deixá-la ainda mais vulnerável. Será que ele perceberia? Ele entenderia nas entrelinhas? Que ela literalmente queria mais dele? Que, para ela, querer estava muito interligado com necessitar, o que era perigosamente próximo a...

Violet calou-se, permitindo-se ser levada ao esquecimento. Ela gritou loucamente com as ondas contínuas e gloriosas que romperam em seu corpo suado e ele fez eco.

Quando saiu de dentro dela, virando-se para colocar a camisinha no lixo, ela desceu do balcão e mal se lembrava dos pensamentos anteriores.

Era um luxo que não estava destinado a durar muito. Subiu e tomou um banho rápido. Precisava de tempo para si, para processar o pensamento até sua conclusão natural, mesmo que não gostasse dela.

Ela se apaixonara por ele. Como isso aconteceu? Não era para ter uma progressão natural de etapas, de A para B? Onde estava a calma, o contentamento tranquilo que associava com se apaixonar? Estava em uma montanha-russa e sentia-se encurralada por uma emoção que penetrava sem ser percebida. Embora estivesse andando com o diabo e chamando de experiência, um amor isolado estava se construindo e sentia-se frágil e incapaz de mover-se.

Desceu para ver que ele tinha arrumado a cozinha, o que deveria ter sido a primeira vez para ele, e a esperava com um copo de vinho. Vestira a calça e a camisa, mas não abotoou, deixando o torso à mostra.

– Nota 10 para o aperitivo.

Damien bebeu o vinho e a observou pela borda do copo. Cachos úmidos grudavam-se ao seu rosto. Estava incrivelmente sexy, especialmente com a camiseta decote V listrada. Era um mistério a atração não ter diminuído. Por que será? Seria porque ele sabia que vieram de lados opostos?

Os olhos de Violet desviaram-se daquele rosto belo e sexy. Todo elogio dele para ela tinha a ver com o sexo, com o corpo, com o físico. Ela percebia que era o início de sua queda. Aquelas palavras roucas atingiram uma parte dela que estava sempre insegura e encontrou seu alvo. Como uma flor desabrochando, ela se abriu e cresceu em uma área de sua vida que não era desenvolvida. Ele a fizera sentir-se mulher, poderosa, bela, sedutora e ela concordou. Deixou que ele entrasse, sem perceber, viu além das diferenças tudo aquilo que era amável nele.

– Damien, precisamos conversar.

Ele continuou a sorrir, mas os olhos estavam alertas. Mulheres querendo conversar significava que diriam coisas que os homens não queriam ouvir.

– Estou ouvindo.

Pegou uma das cadeiras da cozinha e sentou-se, olhando para ela com atenção, enquanto ela arrastava a cadeira do outro lado da mesa.

– Já passou algum tempo, Damien. Sua mãe respondeu muito bem ao tratamento e está fora da zona de perigo. Concordei com tudo isso, com a farsa, pela minha irmã e continuei por mim mesma, porque coloquei a atração acima de tudo.

– Ah! Entendi. Vai começar com o jogo da culpa, Violet? Eu sendo o sedutor de garotinhas inocentes? Se esse for o caso, sugiro que repense antes de continuar.

Violet tinha esquecido esse lado frio dele. O fato de estar ali presente foi um lembrete para ir se afastando aos poucos da relação, se é que podia chamar de relação.

– Não ia falar isso.

– Não? – falou arrastado. Não esperava isso, não depois do sexo, e a tensão chegou à sua voz. – Porque ninguém apontou para uma cama, segurando um revólver em sua cabeça, enquanto você se despia.

– Sei disso! Por que está sendo tão terrível?

– Só estou esperando para ouvir o que você tem a dizer e lembrá-la de que você estava ansiosa e queria o sexo.

Ela não conseguia encará-lo. O que estava acontecendo? Como as coisas podiam mudar em questão de segundos? Damien ficou furioso com a própria confusão, porque era outro lembrete de que não estava no controle total com essa mulher como deveria.

– Estou dizendo que seria bom se nós retrocedêssemos um pouco.

Violet baixou os olhos e focou na taça de vinho à sua frente.

– Retroceder.

– Sua mãe está bastante estável para lidar com nossa separação. Está fazendo as coisas com Dominic de novo, pode sair no jardim. Acho que está na hora de voltarmos às nossas vidas normais.

– E entre fazer amor na cozinha e tomar banho, você chegou a essa decisão quando?

– Não tenho que dar explicações de quando ou por que tomei essa decisão, Damien. Acabou. Não sou como você. Não posso continuar dormindo com você, sabendo que é algo que não vai a lugar algum.

– Para onde quer que vá? – perguntou Damien rapidamente.

– Não quero que vá a lugar algum.

– E se eu disser que não quero que termine ainda? Sem dúvida, minha mãe está bem forte para se recuperar de um rompimento, mesmo que ela goste de você, mas não tem mais a ver com minha mãe há tempos.

Agitado, ficou em pé, com o copo na mão, e começou a caminhar pela cozinha. Nunca levou um fora de uma mulher. O orgulho já devia ter feito com que pegasse o casaco e fosse embora. Ele não tinha criado essa missão para evitar o assédio das necessitadas? O que ela necessitava, afinal? Ela sempre deixou claro que eram opostos, que ele não era o tipo de homem com quem se comprometeria.

Era dinheiro? Sob todos os protestos de não ser materialista, acabou se acostumando com a opulência ao redor? Teve uma visão de como a vida seria se tivesse acesso a tudo? Sufocou um sentimento de intenso desapontamento. Era realista e essa era a explicação que fazia mais sentido.

Seu cérebro bloqueou. Ainda queria Violet, independentemente de ela admitir, também o desejava. Talvez ela não se sentisse participativa na relação. Fez uma confusão para não aceitar nada dele, mas será que se sentiu dispensável? Que, apesar de Damien querer dar a Violet coisas que teria comprado para as outras amantes, ele a achava menos atraente? Só de pensar nos seios dela livres do sutiã, era o bastante para levar sua mente um caminho completamente diferente. Se sentisse que o sexo estava começando a minguar, teria dado de ombros e partido, mas era especialista quando se tratava de avaliações. Não se lembrava de um relacionamento em que a mulher era a sinalizadora e não era o caso agora. Nem ia desistir de uma vida sexual que era inigualável.

– Tem uma coisa que quero que veja.

Violet foi pega de surpresa por uma observação que parecia vir do nada.

– O que é?

– Espere aqui.

No calor do momento, tinha se esquecido da joia cara na caixa preta e dourada. Seu presente fatal. Quem disse as coisas não eram por acaso?

Ela ainda estava sentada na mesma posição na cozinha quando ele voltou e estendeu a mão.

– Para você – informou solenemente. – Eu ouço o que você diz e isso é apenas uma pequena amostra do que você significa para mim.

Violet pegou a caixa, mas sentia a pele ficar pegajosa. *O que ele significava para ela.* Quantas vezes disse que não queria nada dele? Abriu a caixa e viu uma joia que sabia ser extremamente cara. Violet nunca significaria amor, certamente não era durabilidade. Era o brinquedo sexual dele e seu valor podia ser contado em cédulas bancárias. Segurou a vontade de chorar sobre a joia pela qual muitas mulheres estariam gritando de puro deleite.

– Não quero isso.

Colocou de volta na caixa, fechou a tampa e devolveu para ele.

– O que quer dizer? Sei que não aceita nada de mim, mas quer saber o que isso... o que temos... significa para mim. Pegue-o com esse espírito.

Ele obviamente não a aliviaria do colar.

– Acho melhor pararmos por aqui, Damien.

Doía só de falar, mas sabia que tinha que ser assim. Naquele único gesto, ele a fizera sentir-se sórdida e barata.

– Como assim?

– Não posso ser comprada por algumas semanas ou meses de sexo, até você se cansar e me mandar seguir meu caminho com… com o quê? Algo maior e mais caro? Um tapinha nas costas e um presente de despedidas?

Damien ficou imaginando quanto tempo ela ficou visualizando o resultado da relação dele e querendo mais. Esperava uma recompensa ou queria mesmo terminar, e, se queria mesmo terminar, por que ainda ardia por ele? Nada fazia sentido.

Mas se Violet queria mais, se queria um passaporte para a vida que nunca conseguiria em um milhão de anos, por que era inconcebível que ele desse a ela?

– Não quero comprá-la – murmurou. – Quero me casar com você…

CAPÍTULO 9

– Como?

Havia um zumbido em seus ouvidos. Achou que estivesse temporariamente surda.

– Você diz que não pode estar em uma relação que não vai a lugar algum. É curioso considerar que embarcamos nessa relação na expectativa de não irmos a lugar algum.

– Não achei que um jogo de faz de conta iria... – Violet ainda estava lutando com o que ele disse.

Damien queria mesmo se casar com ela? Ela estava imaginando tudo isso? Ele certamente não tinha o olhar de um homem que acabara de fazer o pedido.

– Nem eu. E, mesmo assim, aqui estamos. O que me traz de volta à proposta.

Ela não estava imaginando, então. E, ainda assim, nada na expressão dele dizia que ele estava falando de algo importante. Seus olhos estavam ilegíveis, seu belo rosto friamente especulativo. Violet, por outro lado, sentia um ardor que começou na boca do estômago e se espalhava.

Casamento? Com Damien Carver? O conceito era incrível demais de se acreditar e, mesmo assim, muito sedutor. Por alguns mágicos segundos, a mente dela repassou todas as falhas óbvias nessa proposta inesperada. Ela estava apaixonada pelo homem que a pedira em casamento! Mesmo quando saía com Stu, embora falassem ocasionalmente sobre casamento, ela nunca sentiu essa onda de pura felicidade.

A realidade voltou, e ela deixou as imagens de felizes para sempre para trás.

– Por que você iria querer se casar comigo?

– Gosto do que temos. Não sou mais jovem. Sim, quando começamos nossa farsa, não tinha pensado em compromisso, embora achasse que minha mãe quisesse.

Magoado demais com a rejeição para passar por isso de novo, pensou Violet.

– Agora vejo que faz sentido.

– Faz sentido?

– Nós nos damos bem. Você se aproximou da minha família. Eles gostam de você. Minha mãe canta louvores a você. Dominic diz que você é única, uma pedra preciosa.

Fez uma pausa, pensou em Annalise com desgosto e em como tinha sido ingênuo para pensar que somente idiotas viam a deficiência como um desafio inaceitável. Ele se lembrava de como assumiu para si o insulto direcionado ao irmão. Annalise podia ser atraente e inteligente, mas nenhum desses atributos compensava a inabilidade dela de sair da zona de conforto. Seu futuro perfeitinho, não incluía obstáculos dessa natureza. Com os anos, ele a encontrara, por vezes coincidentemente, outra a pedido dela. Ela nunca mencionou Dominic, mas sempre salientava o quanto tinha amadurecido. O fato de Violet naturalmente e sem esforço ter se tornado benquista por sua mãe e seu irmão contava muito.

– Você me pediu em casamento porque me dou bem com sua família?

– Bem, não é só isso. Também tem o sexo incrível.

Ele olhou para o rosto corado dela com prazer.

– Então me deixe ver se entendi. Você me pediu em casamento porque fui aceita por sua família, porque nos damos bem e porque somos bons na cama. Não é exatamente o pedido de casamento que eu sonhei quando menina.

Sua voz era calma e serena. Por dentro, seu coração batia descompassado enquanto absorvia as implicações do pedido. Não tinha a ver com amor ou desejo de passear de mãos dadas no entardecer, sabendo que eram almas gêmeas. Era um casamento de conveniência.

– E quando nos cansarmos um do outro?

O desejo não é eterno. E, sem amor com base, o que sobrasse quando o desejo acabasse, viraria pó. Quando acontecesse, ele decidiria que estar preso em um casamento sem amor poderia não ser a opção mais sensata? Seus olhos começariam a desviar-se? Procuraria outras opções? Claro que sim, e ela, como ficaria? Nutrindo mais mágoa do que se saísse agora com seu orgulho e dignidade intactos.

– Não gosto de hipóteses.

Por que ela não dizia "sim"? Ele estava oferecendo a ela o que qualquer mulher no planeta desejaria. Por que hesitava e fazia tantas perguntas?

– Eu sei, mas às vezes é importante olhar para a frente – insistiu ela.

Era estranho, mas o pedido de casamento foi a gota d'água. Ao menos para ela. Ela deveria ter perguntado em voz alta qual o rumo que estavam tomando, mas sabia que teria sido persuadida a continuar, assim como teria acreditado que seu amor era correspondido. Mas ele tinha proposto um casamento de aparência e ela sabia onde estava com ele.

Ele gostava dela, mas, principalmente, gostava do seu corpo. E, o bônus extra era que se dava bem com Eleanor e Dominic. E a balança pesou para colocar o anel no dedo dela.

– Não é preciso olhar para o futuro – disse Damien, mas um desconforto repentino estava ativando uma mistura de raiva e atordoamento dentro dele. – Eu não tenho certeza de onde essa inquisição está levando.

– Não posso aceitar seu pedido – disse Violet abruptamente. – Sinto muito.

– Pode repetir?

– Você pode achar que combinamos, mas eu não.

– Temos ou não temos uma química sexual fantástica? Eu excito ou não excito você até me implorar para possuí-la?

– Não é esse o caso.

– Então, você vai voltar àquela coisa de procurar sua alma gêmea. É isso?

– Não tem nada de errado em pensar que, quando você se comprometer, será com o cara certo.

– Conhece as estatísticas do divórcio? Um em três. Para cada mulher com estrelas nos olhos e sonhos de cadeiras de balanço na varanda com seu marido quando tiverem 84 anos, com os netos correndo ao redor deles, mostro centenas que acabaram de assinar o divórcio e estão reclamando sobre o valor dos honorários dos advogados. Para cada criança em casa com os dois pais, mil se tornaram nômades, viajando entre os pais e herdando uma família sortida de meios-irmãos e enteados ao longo do caminho.

Impaciente, Damien passou os dedos pelo cabelo. Ela fez barulho querendo mais e ele deduzira que ela queria ficar com ele. Não tinha lhe ocorrido que esse mais era com outra pessoa. Era sua culpa ter interpretado da única maneira que aprecia possível? E, mesmo assim, ele estava sendo rejeitado.

– Sei disso – declarou Violet, a boca arqueada.

Todo argumento que ele usasse para persuadi-la a se casar estaria baseado em estatísticas.

Ela estava ciente de que o sexo era apenas parte do negócio.

A doença de Eleanor espatifou com o mundo complacente que ele estabelecera para si e forçou-o a reavaliar sua relação com o irmão e, por tabela, com a mãe. Fora fácil para ele justificar sua interação com eles e convencer-se de que não havia nada de errado em jogar dinheiro naquela direção. Eles tinham tudo. Damien não tinha contado tudo isso. Ela pegou as informações com Eleanor. Porém, como todos sabiam, o dinheiro não era o fator essencial em um relacionamento e ele reconstruiu o que perdeu com a ajuda dela. Ela sabia disso. Não tinha entrado nessa farsa pensando que iria se estender além do absolutamente necessário, e mesmo assim, se estendeu, e agora, tudo isso fazia parte da mistura sombria de lógica e razão por trás do pedido.

Ela não queria ser a outra metade conveniente em um relacionamento, onde não seria valorizada, nem era justo com Eleanor e Dominic que ela entrasse na vida deles para preencher uma lacuna para que Damien pudesse voltar à vida agitada dele em que não havia espaço para ninguém, menos ainda para a esposa. Mesmo que a desejasse temporariamente.

E, mesmo assim, ela pensava em acordar ao lado dele, poder se virar e tocar seu corpo quente, todas as manhãs.

Quando semicerrava os olhos, sentia a boca dele percorrendo seu corpo, beijando lambendo, explorando. O desejo pode durar para sempre. Pode se transformar, não pode?

E, mesmo assim, ele a abordara como se fosse uma equação matemática. Isso não servia para casamentos.

Ainda precisava respirar fundo e manter o controle para não desviar do assunto. Principalmente quando ele estava sentado na frente dela, mãos cruzadas, corpo inclinado para ela, o rosto belo e sombrio provocando todo tipo de pensamentos rebeldes dentro dela.

– Mas – respirou fundo – sou a minoria que tem casamentos que dão certo e filhos com os dois pais. E pare de me olhar como se eu fosse louca. Alguns de nós prefere sonhar em vez de achar que nunca serão felizes.

– Ninguém está falando em ser feliz ou não – interrompeu ele impaciente. – De onde tirou essa ideia? Pedi que se casasse comigo com uma cláusula de que você não seria feliz?

Ele ficou se perguntando por que continuava nisso. Ela deu o fora nele e estava na hora de ir embora. E, mesmo assim, embora o orgulho estivesse falando, algo o compelia a ficar. Era por que sabia que seria esquisito dar a notícia para a mãe e Dominic? Fazia sentido. Quem gostava de ser portador de más notícias? Se fosse outra mulher, ele já teria ido. Na verdade, ele não teria feito o pedido para outra mulher.

– Não combinamos. Não para um relacionamento duradouro. Podemos gostar das coisas físicas.

Naquele momento, ela sentiu-se zonza pelas coisas que não mais aconteceriam. Sem mais o tesão de tirar o fôlego, nem corpos unidos. Mais do que isso, sem mais ter o homem amado entrando por sua porta e tomando-a nos braços. Como só percebeu isso agora? Que não era só o corpo que ansiava. Que ele tinha despertado um lado que nem ela sabia que tinha? Que ela não era dessas que tranca vários lados e só os libera quando apropriado?

Apaixonou-se por Damien, e era um sentimento sem volta. Nenhum argumento sobre estatísticas de divórcio mudaria isso.

– Está se repetindo. Não acho que tenha muita lógica eu ficar aqui ouvindo a mesma história. Ele levantou-se, e uma onda de pânico tomou conta dela.

– Mas eu sei que você concorda comigo!

Desesperada para que ele ficasse, Violet ergueu-se e colocou a mão em seu braço.

Ele olhou para baixo com olhos devastadores.

– Nossos dias de contato físico terminaram. Então... se não se importa...

Ele ergueu uma sobrancelha e Violet tirou a mão.

– Terminaríamos em um relacionamento amargo e corrosivo se nos casássemos – concluiu ela rapidamente, juntando as mãos, porque queria fazê-lo ficar. – Sinto muito se disse algo sobre... Ficaremos muito melhor como estamos. – Violet sabia que estava voltando atrás e que era de desespero pela lacuna que estava se abrindo e que ela não conseguiria preencher. Qual o problema de continuar assim? Seria o fim do mundo? Não seria melhor do que ser mártir?

– Acho que não – disse Damien com frieza, pegando suas coisas. – Essa janela se fechou.

Violet ficou olhando para ele em silêncio, até Damien estar pronto para ir embora.

– Vou contar para minha mãe no fim de semana que as coisas não deram certo entre nós.

– Deixe-me ir com você.

Ela sentia as lágrimas chegando.

– Para quê?

– Quero explicar eu mesma que... que...

– Não há o que explicar, Violet. Os relacionamentos vêm e vão. Felizmente, minha mãe está melhor. Vai lidar com o desapontamento. Não perderia meu sono se fosse você.

Violet sentia ele se retirando aos poucos. Ela não cedeu e não havia lugar para alguém assim.

– Claro que vou perder sono. Gosto muito de Eleanor e Dominic.

Damien deu de ombros. Seguiu para a porta. Onde estava o colar? Não importava. Queria dizer que podia considerar um presente de adeus, mas sabia que ouviria um sermão. Rangeu os dentes com a ideia de que não teria mais esses sermões.

– Nesse caso – respondeu com indiferença – sugiro que consulte o médico e peça um remédio para dormir.

– Como consegue ser tão... tão frio?

Antes que ela percebesse, ele estava saindo.

– Não há motivos para se envolver comigo ou com minha família de agora em diante. Minha mãe ficaria mais feliz se a poupassem do pós-morte.

E saiu, batendo a porta.

Sozinha, Violet percebeu como a casa ficava solitária sem a presença excitante dele. Arrumou a cozinha, mas os pensamentos estavam apenas em Damien. Não ia se perguntar se tinha feito a coisa certa.

A escola não agradava mais, porque ela estava ocupada querendo encontrá-lo. Ela passou a semana seguinte com a estranha sensação de ter sido envolvida em um isolamento tão espesso que ela ouvia todo o mundo rindo e batendo papo, mas era tudo turvo. Quando Phillipa ligou para contar que ela e Andy iam se casar no fim do ano e que Violet iria para lá ajudá-la a escolher o vestido, ela se ouviu falando as coisas certas, mas estava no piloto automático.

Perguntava-se se devia ligar para Eleanor. Será que Damien estava certo? Sobre sua irmã ser mais feliz aceitando o rompimento sem precisar ficar falando nele? E o que diria? Não sabia o que Damien contou. Deve ter colocado a culpa nela, chamando-a de golpista.

E ao mesmo tempo, não conseguia imaginá-lo não sendo justo, o que era ridículo pela maneira com que começaram. Ele a tinha chantageado. Então, como tinha se apaixonado por ele? Para cada desvio de personalidade, ela insistia em salientar as coisas boas sobre ele.

A decisão de ligar para Eleanor foi tirada de suas mãos, quando, uma semana depois de Damien ir embora, Eleanor ligou.

Ela parecia bem. Tudo estava indo bem. O prognóstico era bom...

– Mas meu filho disse que vocês decidiram dar um tempo.

Foi assim que ele colocou, então. Esperto, deixando em aberto a possibilidade de volta. O desapontamento de sua mãe seria em pequenas etapas, protegendo-a de qualquer estresse.

– Sim, esse é o plano.

– Confesso que fiquei surpresa quando Damien contou.

– Sinto muito não estar aí para contar, Eleanor – desculpou-se Violet. – Queria muito...

– Nunca vi Damien tão relaxado e feliz – interrompeu Eleanor. – Um homem diferente. Sempre me preocupei com o tempo dedicado ao trabalho, mas você fez algo maravilhoso para ele, querida, porque ele finalmente parece ter colocado suas perspectivas em ordem. Não só arrumou tempo para mim, como também para o irmão.

– Que… ótimo.

– É por isso que estou confusa de como vocês estão dando um tempo, quando vejo que vocês que se amam.

– Não! Não, não, Damien não, ele… nós…

– Você está gaguejando, querida. Não tenha pressa. Você ama meu filho. Sei que ama. Uma mulher sabe dessas coisas, especialmente uma senhora como eu.

Violet caiu derrotada em silêncio. O que poderia dizer?

– Você não é velha – respondeu. – E estou feliz que o tratamento esteja indo bem.

– É sua maneira de mudar de assunto? – perguntou Eleanor. – Querida, queria poder sentar e conversar sobre isso, de mulher para mulher. Ficar sabendo por Damien… bem… conhece os homens. Ele pode ser de poucas palavras para expressar qualquer emoção.

– É verdade.

– Por que não aparece na casa dele esta noite às 20h? Podemos conversar.

Violet percebeu que Eleanor encontrara o ponto fraco dela. Queria esquecê-lo e a última coisa que imaginava fazer era visitá-lo. Mas gostava muito de sua mãe, que não merecia o estresse.

Também havia a culpa por não ter falado com ela ainda.

– Está em Londres?

– Visitinha rápida. Check-up. Querida, preciso ir. Vejo você depois, então? Estou ansiosa por isso. Não pense que vou deixar que saia da minha vida assim tão fácil.

Aqueles dois, Eleanor pensou com satisfação, olhando pela janela do carro dirigido pelo motorista, a caminho de Devon, precisavam colocar a cabeça no lugar. Ou ao menos sentar e conversar. E quem melhor para organizar isso do que ela? Se no fim as coisas acabarem, que seja, mas Damien foi evasivo demais.

A ligação terminou antes que Violet pudesse pensar. Damien estaria lá? Seria uma conversa a três? Achava que não. Achava que Eleanor a convidara para uma conversa em particular. Não tinha ideia do que dizer. Teria que ser bem vaga. Os dedos coçaram a ligar para Damien e perguntar o que dissera à mãe, mas se sentia tonta só de pensar em ouvir aquela voz sexy e sombria do outro lado.

Horas depois, estava parada na frente do prédio georgiano, convertido em apartamentos de luxo.

A via onde vivia era uma declaração da última palavra em opulência.

Só estivera ali algumas vezes, mas se lembrava de tudo. O hall com piso de lajota, as paredes pálidas, o chão de madeira clara, que dominava o imenso espaço aberto. Tudo dentro dessas paredes caríssimas era do mais alto padrão. Não havia desordem. Sempre achara irritante sua falta de simplicidade. Agora, parada na porta da frente, respirou fundo para se acalmar. Uma conversa aconchegante com Eleanor e iria embora. Sua consciência relaxaria. As duas se encontrariam de novo no futuro, e seria ótimo que Damien não estivesse por perto, mas poderia estar, porque já superara.

Tocou a campainha e esperou, porque estava certa de que Eleanor não correria até a porta.

O dia fora adorável e tinha se amenizado para uma noite agradável. Nessa parte cara de Londres, havia poucos carros e, até mesmo pedestres. Ela observava uma mulher com seu cãozinho, quando a porta abriu.

O cumprimento morreu em seus lábios. Por alguns segundos, seu coração parecia ter parado. Damien estava na porta da frente. Vestia jeans desbotados que envolvia as pernas musculosas e uma camiseta branca, justa, que delineava as linhas de seu corpo. As lembranças de tocar aquele corpo a assolaram como uma onda de calor. Em uma questão de meses, ele a guiara por uma série de estradas sensuais nunca antes exploradas. Sua boca ficou seca ao pensar em algumas delas.

– O que está fazendo aqui? – perguntou ela insensata.

– É minha casa e, engraçado, ia perguntar a mesma coisa.

Ele deu um passo para fora e puxou a porta atrás dele, bloqueando a luz do hall.

– Vim para falar com sua mãe.

Queria olhar, e olhar e continuar olhando. Contudo, olhou para os sapatos, sapatilhas pretas que caíam bem com jeans. Não se escondia mais atrás das roupas. Era uma das muitas heranças dele para ela, a consciência de quem ela era.

– E isso seria porque…?

Damien encostou-se no marco da porta e cruzou os braços. Os olhos estavam sombrios e observadores. Mas estava tenso e com raiva de si mesmo por perder o controle. Não havia nada a ser dito sobre o assunto do relacionamento. Ele a pediu em casamento. Ela jogou o pedido de volta na cara dele e ele não era homem de segundas chances.

Estava se perguntando por que ela viera. Arrependimento? Percebeu as vantagens de se casar com ele? A boca dele curvou-se de escárnio. Mudou de posição, já que seu corpo se recusava a cooperar e aprumou-se enquanto seus olhos inconscientemente delineavam o contorno sexy de seus seios por baixo do top justo que ela vestia. Que diabos, ela podia vestir algo que só sua tia solteirona usaria e ainda assim fazer os homens enlouquecerem. Não entendia como atribuíra a ela ser qualquer coisa, exceto sexual. Devia estar cego e aqueles jeans... aquele suéter. Queria arrancá-los. Dadas as circunstâncias, era uma reação completamente inadequada e estava furioso consigo mesmo por se permitir seguir por esse caminho.

– Porque sua mãe ligou e pediu que viesse aqui – murmurou ela.

Fechou o punho da mão. Ele nem mesmo teve a decência de convidá-la para entrar. Teria que conduzir uma conversa hostil na porta de casa.

– Tente outra. Minha mãe voltou para Devon horas atrás. Então, diga por que ela estaria esperando você aqui? Não, não se incomode em responder. Não nasci ontem. Sei o que está fazendo aqui?

Violet ficou de queixo caído e olhou para ele com um silêncio surpreso. Ao mesmo tempo, estava claro que fora enganada por Eleanor, que tentou o quê, exatamente? Uma conversa onde as diferenças seriam resolvidas? E uma reconciliação poderia acontecer? Se ela soubesse da verdade.

– Pode esquecer.

– Esquecer o quê?

– Qualquer plano de aparecer aqui sem ser anunciada e continuar de onde paramos.

– Não faria isso – gaguejou Violet.

– Espera que eu acredite nisso? Quando está vestida com a roupa mais justa possível? Mostrando seu patrimônio vantajoso?

– Deixe de ser ridículo. Sua mãe pediu que eu viesse. Disse que queria conversar e me senti culpada, porque deveria ter ligado.

Damien está quase chegando à mesma conclusão que Violet. Não tinha ido ali para levá-lo para a cama. Reconhecendo isso, teve que descartar a suspeita de que teria gostado de ela flertar com ele. Teria rejeitado, naturalmente. Mas não antes de sentir imensa satisfação de vê-la implorar uma segunda chance.

– Você é impossível!

Violet não acreditava na acusação. Como ele podia pensar que estava vestida para impressionar? Percebia naquele momento que a roupa era justa onde não era antes. Os seios estavam pesados e doloridos nos sutiãs de renda, e podia sentir a umidade brotar entre suas pernas. Lembrou-se dos dedos dele e da boca sugando e lambendo, até não aguentar mais.

– Você tem um ego grande demais se pensou que vim aqui dar em cima de você. É o homem amis arrogante que conheci.

Queria dizer que tinha seguido em frente.

Enquanto estava ali, ouviu uma voz por trás dele. Voz de mulher. Reservada e sedutora. Por alguns segundos ela congelou e seus olhos se arregalaram quando a dona da voz se materializou.

Como ele ousava acusá-la de usar roupas justas? A morena de cabelo curto, estilo Chanel, vestia jeans brancos, que pareciam uma segunda pele, e um colete branco, que deixava muito pouco para a imaginação.

– Não vai nos apresentar, querido? Embora eu ache que não precisa. Você deve ser Violet.

Os olhos da mulher eram glaciais.

– Sou Annalise.

CAPÍTULO 10

ESTAVA CHOVENDO quando Violet voltou para casa. Um chuvisco muito fino que ela mal notou. Pegou o metrô e o ônibus. Não pensava direito e seu coração batia forte, dificultando a respiração.

Queria bloquear as imagens de Damien com Annalise. Tentou dizer a si mesma que não se importava, que era um homem livre que podia fazer o que quisesse com quem quisesse.

Ele voltara para a ex, a única mulher que não conseguiu esquecer e com quem queria compromisso. Certamente, não tinha demorado para se reunirem. Foi a rejeição que o fez repensar? Fez com que acordasse e percebesse que o casamento era mais do que uma lista de coisas a fazer e a não fazer? Impulsionou-o a procurara Annalise? Lembrá-lo de que, em seu mundinho controlado, ainda havia uma mulher que rompera os limites e que ele precisava encontrá-la e contar tudo? Certamente pareciam muito confortáveis um com o outro.

E Annalise tinha mais a ver com ele do que ela. Alta, magra, bela. Não era uma perua. Não, parecia uma daquelas raças raras e maçantes, uma beldade com cérebro.

Não conseguia se olhar no espelho ao se arrumar para deitar. Não queria comparações. Isso acabaria com sua autoconfiança. Ele a vira somente como uma novidade? Fora para cama com ela apenas porque estava por ali? Disponível e ansiosa? Era diferente dos outros homens em uma situação em que a oportunidade era entregue em um prato? Ninguém podia acusá-lo de ser o tipo de cara que levava a sério, que esperava pela mulher certa. Era um homem viril com uma libido que conseguia o que queria. E ela estava lá à disposição. Ele propôs porque era conveniente. Nunca se apaixonaria; já passara por isso com Annalise, então, por que não pegar a mulher que recebeu a aprovação da família? Ele só fez o pedido quando percebeu que ela estava indo embora.

Foi para a cama e tentou ler. Só percebeu que adormeceu quando acordou com duas coisas.

A primeira era o som da chuva que agora estava forte. Deixara a janela levemente aberta e a cortina estava voando com o vento. Quando foi fechar, percebeu que a cômoda estava molhada, mas não tinha intenção de fazer nada no momento.

Porque, competindo com a chuva e o vento, tinha o estrondo de alguém batendo em sua porta.

Lá fora, ensopado, Damien praguejava. Entre 20h, quando abriu a porta para Violet, e meia-noite, quando finalmente conseguiu se livrar de Annalise, a chuva engrossou. Agora, pouco depois das 3h30, a única coisa que podia ser dita em favor de sua ida até ali era o fato de que as estradas estavam livres.

Percebeu que uma das luzes da casa estava acesa. Não queria ficar ali fora pelo resto da noite, embora talvez precisasse, caso ela não atendesse a porta.

Violet colocou o roupão para ver quem era. Seu primeiro pensamento foi de que alguém estava tentando arrombar a porta, mas percebeu logo que era ridículo, pois desde quando os invasores avisavam que iam entrar?

Alguém que precisava de ajuda? Conhecia os vizinhos. A senhora que morava ao lado era frágil. Não consegui imaginá-la batendo com essa força nos seus quase 90 anos.

Desceu as escadas, ligando as luzes, sentindo o coração bater mais rápido, porque podia muito bem ser outra pessoa, mas, assim como o cenário do ladrão, a ideia de que podia ser Damien era absurda.

A corrente de segurança estava colocada e quando abriu a porta um pedacinho, soube que o único homem que ela menos esperava estava ali parado. O vento fazia seu casaco voar em todas as direções e a chuva chicoteava. Os pés dele estavam plantados no chão, mas, quando ela abriu a porta um pouquinho mais, ele colocou a mão no marco para olhar para ela.

Estava encharcado.

– O que você quer? – Violet fechou mais o robe. – O que está fazendo aqui?

– Deixe-me entrar.

– Onde está sua namorada, Damien? Esperando no carro?

Queria dar um chute em si mesma por mencionar Annalise.

– Deixe-me entrar.

– Não sei por que veio, mas não quero você aqui.

– Por favor.

Aquela única palavra a fez parar.

– Não tenho nada a dizer para você.

– Talvez eu tenha coisas para dizer para você.

Mas ele não a seguiu até o hall. Ficou no degrau, molhando-se. Estava hesitante? Violet estava confusa. Claro que não! Era uma das emoções que ele não tinha. Assim como o amor. E, mesmo assim, estava ali parado, molhando-se e olhando para ela.

– O que você tem para me falar, Damien? Fui ver sua mãe. Não tentar recomeçar o que tínhamos. Você não faz mais parte da minha vida e, se me desconcertei, foi porque não esperava me deparar com sua namorada. Jogo rápido, Damien!

– Ex. Ex-namorada. Deixe-me entrar, Violet. Não vou entrar sem pedir licença e, se disser que não quer mais me ver, vou embora.

Peça que vá e nunca mais o verá. É claro que era o melhor a fazer. Não tinham nada a dizer. Talvez tivesse enfrentado o tempo porque se sentia mal e queria explicar, cara a cara, como Annalise entrou de novo em sua vida. Embora doloroso, sua mente paralisou mediante o pensamento de ele desaparecendo de sua vida sem dizer o que queria.

– Está tarde.

Saiu do caminho e cruzou os braços enquanto ele entrava e tirava a capa impermeável. O cabelo estava escorrido e ele passou os dedos nele, o que só espalhou as gotas de água.

– Talvez pudesse me emprestar uma toalha.

– Acho que sim – murmurou sem graça.

Voltou em minutos e ele continuava no mesmo lugar. Onde estava o cara que nunca hesitava? O homem seguro de si que conhecia sua cozinha e que preparava seu próprio café?

Observou em silêncio enquanto ele se secava e segurou-se para não pedir que tirasse o suéter, para não pegar um resfriado.

– Desculpe por você ter encontrado Annalise na minha casa – disse expressivamente.

Violet quebrou o contato visual e foi para a cozinha. Ela precisava sentar e precisava de algo nas mãos para conversar sobre algo que nenhum dos dois queria conversar. Sabia que ele a seguia. Estava bem alerta.

– Foi inesperado, só isso.

Ocupou-se de chaleira, canecas, colheres, ficando de costas para ele, para que não conseguisse ler sua expressão.

– Como eu disse…

– Eu sei. Minha mãe levou-a lá com falsas pretensões. Falei com ela. Ela achou que se desse uma de cupido, não faria mal.

– E contou a ela sobre Annalise?

– Não, não tem nenhuma Annalise.

Ele não sabia o que dera nele para abrir a porta quando Annalise apareceu na noite anterior. Ela ouvira sobre Violet. Ficara curiosa, queria saber mais.

Naquele momento, Damien sabia que ela precisava ir. Era diferente encontrá-la ocasionalmente em público.

E, mesmo assim, não tinha uma parte dele que quisesse introduzir Annalise de novo em sua vida. Violet saíra e ele não sabia o que fazer com o caos de suas emoções. Uma parte dele imaginava se Annalise não seria uma melhor aposta. Seu pedido de casamento fora jogado em sua cara. Annalise, bem, ele poderia comprá-la e controlá-la.

O pensamento sumiu rápido, contudo, ela estava na casa, e ele errou em não mandá-la embora, mas seria pedir muito ao destino que não colocasse Violet na sua porta?

– O que quer dizer?

Segurando sua xícara de café entre as mãos, foi até a sala de estar. Não tinha oferecido nada para ele beber. Era para lembrá-lo de que só tinha deixado entrar sob pressão.

Sentou-se e, quando olhou para cima, ele estava encostado na porta.

– Pode sentar, Damien. Mas estou cansada e não estou com humor para conversas.

– Eu sei.

Ele tirou o suéter pesado e molhado e colocou sobre o aquecedor. Foi até a janela, abriu a cortina e olhou para fora.

– Eu não a convidei – disse por fim. – Ela apareceu.

– Não é da minha conta.

– Tudo o que eu falo deveria ser da sua conta – murmurou Damien corando. – Ao menos é o que eu gostaria. E vou entender se não acreditar.

– Não estou entendendo.

A voz de Violet estava cansada. Ela não conseguia tirar os olhos dele. Damien ficava ainda mais atraente com aquele jeito confuso e vulnerável. Era um lado dele que ela nunca vira antes e a confundia. Ele deu a volta na sala, uma das mãos no bolso da calça, a outra no cabelo, antes de finalmente parar na frente dela.

– Importa-se em sentar? Estou ficando com dor no pescoço de olhar para cima.

– Preciso que sente ao meu lado – disse Damien rouco. – Tem algumas coisas que preciso dizer e que preciso que esteja ao meu lado quando eu disser. – Ele sentou-se no sofá e deixou espaço para ela. – Por favor, Violet.

Ele sorriu torto e desviou o olhar.

– Aposto como nunca me ouviu dizer *por favor* tantas vezes.

– Não posso. Diga por que veio. Não precisava. Sei que tínhamos algo. Você provavelmente está se sentindo obrigado a se explicar. Bem, não precisa. Terminamos e você retomou o amor de sua vida.

Violet deu de ombros. O espaço vago no sofá implorava que ela o usasse, mas não ia ceder à tentação. Ele tinha esse efeito sobre ela.

– Eu disse que Annalise era minha ex e continua sendo.

– E essa é a ex que você vê de vez em quando ao longo dos anos?

– Às vezes vale a pena nos lembrarmos de nossos erros.

– Como?

– Não consigo falar com você sentada do outro lado da sala. Já está difícil o bastante.

Ele passou os dedos no cabelo e percebeu que tremia.

Relutantemente, Violet foi para o sofá. Seu estômago estava com um nó.

– Certa vez – disse Damien pesadamente – me apaixonei por Annalise. Eu era jovem. Ela era bonita, inteligente. Foi um romance agitado, do tipo que se lê nos livros e eu a pedi em casamento.

– Não precisa me contar isso – interrompeu Violet.

– Preciso e quero. Ficaria surpresa se eu contasse que nunca tive a menor vontade de partilhar os detalhes da minha relação com Annalise com ninguém.

– Não ficaria. Você guarda tudo dentro de si.

– Guardo.

– Está concordando comigo. Por quê?

– Porque está certa. Sempre guardei tudo. É por isso que ninguém sabe o que Annalise significou para mim.

E ele ia contar. Desde que se conheceram, a vida de Violet se transformou em uma montanha-russa, esperança misturada com desespero. Queria isso de novo? Queria nutrir esperança até se tornar incontrolável? Ela sentia as lágrimas de frustração e desalento chegando. Enrolou os dedos no colo e ficou chocada quando ele desenrolou-os para pode brincar com eles.

Era o mais leve dos toques, mas o suficiente para enviar um choque.

– Annalise terminou comigo porque não podia lidar com a perspectiva de ser sobrecarregada, em algum momento, com um cunhado deficiente.

– O quê?

Violet ficou surpresa e se inclinou para a frente.

– Ela conheceu Dominic, e eu soube instantaneamente que ela não podia lidar com a situação. Para Annalise tudo tem a ver com perfeição. Dominic não era perfeito. Ela sabia que em algum momento, eu ficaria responsável por ele. Ela o visualizava morando conosco, e incorporá-lo em sua vida perfeita a deixava desesperada.

– Isso é... isso é horrível. – Violet pousou a mão no braço dele.

– Desse momento em diante, eu sabia que nunca mais me colocaria em uma posição de vulnerabilidade. Gostava das mulheres, mas elas tinham o lugar delas e eu assegurava que não saíssem de lá. E, no caso de eu esquecer, fiz questão de não eliminar Annalise por completo da minha vida.

– E lá estava ela em sua casa essa noite.

– Você me deu o fora. Pedi que se casasse comigo e você me deu o fora.

Porque você não conseguia me amar. Apesar de tudo o que ele disse, ainda não a amava. Ele estava explicando por que não conseguia.

– Quando Annalise apareceu na minha porta, deixei que entrasse, porque eu não estava em mim. Não, isso não explica, também. Eu estava ficando doido. Desde que terminamos. Disse a mim mesmo que era o melhor, que você podia seguir seu caminho e descobrir que não existe isso de alma gêmea, mas eu não estava pensando direito. Ressentia que mesmo não estando por perto, você ainda controlava meu comportamento.

Violet não conseguia filtrar o que ele estava dizendo.

– Tenho vergonha de dizer que cheguei a considerar Annalise, mas foi só uma aberração passageira. Livrei-me dela o mais rápido que pude e esperei que a normalidade voltasse. Não voltou.

– Então veio aqui me dizer o quê?

Sua boca era uma linha de teimosia, mas interrompida por uma camada de transpiração. Tentou ignorar a maneira com que ele brincava com seus dedos e como seus corpos se inclinavam em direção um do outro. Os cheiros familiares preencheram suas narinas. Mais uma vez, ela o achava devastadoramente atraente. Conhecer os contornos de seu corpo por onde percorrera com sua boca e suas mãos era terrivelmente doloroso. Familiaridade não tinha criado desprezo. Pelo contrário. Tinha levado a um nível de atração sexual que ela mal conseguia pensar em outra coisa enquanto olhava para ele.

– O pedido que fiz a você foi porque fazia sentido. Não percebi que... – Ele tirou a mão do cabelo. – Não achei que eu talvez precisasse de você na minha vida, por razões que não faziam qualquer sentido. Que você entrou no meu ser e não foi só pelo sexo.

– Foi pelo quê?

– Eu me apaixonei por você. Não sei quando nem como aconteceu, mas...

– Pode repetir?

– Qual parte?

– A de estar apaixonado por mim.

Um sentimento de estar no topo do mundo, de pura alegria, tomou conta dela. Sentia-se inebriada e tonta.

– Você não disse – falou ela acusadoramente, mas estava meio rindo, meio querendo chorar. – Por que não falou?

– Não sabia, até você ir embora.

Ela jogou-se em seus braços e suspirou de puro contentamento quando ele passou os braços ao redor dela e a segurou tão apertado que ela ouvia as batidas de seu coração.

– Você era muito arrogante – disse a ele. – Forçou-me em uma situação que eu odiei. Quebrou todas as regras do tipo de cara por quem me interessaria. Não queria um relacionamento longo, e nunca aprovei homens que ficavam trocando de mulher. E eu estava convencida de que você ainda estava apaixonado por Annalise, que nunca se libertaria, que ela era o tipo de ex com quem ninguém conseguiria conviver. Você era um tabu, e, então, conheci sua família e fui sugada por você, por todos vocês, e era como estar em uma areia movediça. Quando me pediu em casamento, quando listou os motivos pelos quais se casar comigo faria sentido, eu finalmente acordei para o fato de que a única razão pela qual alguém deveria casar, estava em falta. Você não me amava. Achei que não soubesse como e que nunca saberia, e eu não poderia aceitar seu pedido, sabendo que a balança estava desequilibrada. Eu sempre seria a inútil, a dependente, a apaixonada esperando pelo momento que você se cansasse de mim e me dispensasse.

– E agora?

– E agora, sou a pessoa mais feliz desse mundo!

– Então, se seu pedir que case comigo de novo, dessa vez pelos motivos certos…

– Sim! Sim! Sim!

Damien estremeceu de alívio. Sentia-se como se estivesse segurando a respiração desde que entrara na casa. Abraçou-a mais forte e sentiu o perfume floral do cabelo dela.

– Você também me fez a pessoa mais feliz do mundo. – Ele riu. – E não acho que minha mãe ou Dominic vão se importar muito.

EPÍLOGO

ELES NÃO se importaram. Não quando Damien e Violet apareceram, surpreendendo Eleanor e Dominic, no dia seguinte.

– É claro – disse Eleanor convencida –, sabia que só precisava juntar vocês para que pudessem resolver suas diferenças bobas. Damien, querido, amo você, mas você consegue ser teimoso e eu não ia permitir que a melhor coisa que já lhe aconteceu escorresse por seus dedos. Agora, vamos discutir os planos de casamento. Algo grandioso e chique? Ou pequeno e aconchegante?

– Rápido. – Foi a resposta de Damien.

Casaram-se seis semanas mais tarde na igreja perto da casa de sua mãe. Dominic foi o padrinho e ele cumpriu com suas obrigações com uma seriedade que era emocionante e, mais tarde, na recepção, ele fez o brinde e, corado, ergueu a taça para o melhor irmão que um homem poderia ter.

Phillipa não parava de provocar a irmã, dizendo que ela conseguiria chegar primeiro ao altar.

– E provavelmente vai estar grávida quando eu fizer os meus votos de sarongue e top – lamentou ela, o que acabou mesmo acontecendo.

Em um dia quente, observando a irmã e sua variedade de novos amigos, com o som das ondas competindo com a batida dos tambores na marcha nupcial quando Phillipa fez seus votos, Violet encostou-se no marido, com a mão sobre a barriga e ficou se perguntando se era possível ser mais feliz.

A partir desses princípios desfavoráveis, a relação que ela nunca pensou que iria acontecer floresceu em algo que não poderia mais viver sem, e o homem que lutava contra envolvimentos tinha se transformado em um homem que muitas vezes dizia a ela o quanto a amava e o quanto odiava sair do seu lado.

– Já aceitei o valor da autoridade – confidenciou sem um pingo de arrependimento –, e quando meu filho nascer…

– Ou filha.

– Ou filha… pretendo explorar esse valor ainda mais.

Pensar no que mais eles exploravam trouxe uma excitação ao rosto de Violet e, como que lendo sua mente, Damien inclinou-se e sussurrou em seu ouvido.

– Tudo bem. A cerimônia terminou. O que diz de comermos e rumarmos para o hotel? Acho que preciso de um lembrete do sabor destes seios. Estou com sintomas de abstinência.

Violet corou e riu, olhando para ele.

– Isso seria rude – disse ela, firme, mas sua mente já estava lá na frente, na maneira como seu corpo em desenvolvimento o fascinava, a maneira com que ele dispensava atenção aos seios dela, ainda mais abundantes e sugava seus mamilos, que estavam maiores e mais escuros, e uma fonte interminável de atenção, quando as roupas eram tiradas.

Sentiu o calor entre as pernas quando pensou neles deitados no esplendor do ar-condicionado de sua enorme cama de dossel, a cabeça dele em sua barriga enquanto acariciava suas pernas com a mão e depois se divertia com o botão inchado de seu clitóris, que ela jurava estar ainda mais sensível.

– Mas tenho certeza de que Phillipa vai entender – cedeu ela quando ele beijou-lhe o canto da boca. – Afinal, mulheres grávidas não podem ficar no calor por muito tempo.

LEGADO DE SURPRESA

CHANTELLE SHAW

Filha de conde se torna noiva de bilionário siciliano!

A manchete sensacionalista chamou a atenção de Kristen ao passar apressada pela banca de jornal na estação de Camden Town. Talvez tenha sido a palavra "siciliano" que a fizera parar e comprar um exemplar do jornal, embora não passasse pela mente dela que a notícia se referisse a Sergio. Foi só depois de entrar em um vagão de trem apinhado e conseguir abrir o jornal que Kristen viu a foto dele – e por alguns segundos seu coração parou de bater. Emoções conflitantes passaram por sua cabeça ao encarar a imagem do pai de seu filho. Ela não esperava que Nico fosse ser tão parecido com Sergio, mas a semelhança entre o garoto de 3 anos e o siciliano moreno era incontestável.

O primeiro instinto de Kristen foi o de tirar os olhos da página, no entanto, sua curiosidade a impeliu a observar a fotografia e ler a legenda abaixo dela:

Lady Felicity Denholm foi vista com o novo noivo, o magnata e empresário italiano Sergio Castellano, quando o casal visitou o London Palladium esta semana.

O texto ao lado da foto continuava:

Dizem que o conde Denholm está muito feliz pela filha mais nova estar prestes a se casar com um dos homens mais ricos da Itália. O Grupo Castellano é dono de uma rede de hotéis e resorts de luxo ao redor do mundo. Sergio é o principal executivo de desenvolvimento imobiliário dos negócios enquanto seu irmão gêmeo Salvatore cuida da mundialmente famosa vinícola da família na propriedade dos Castellanos na Sicília.

Prensada entre um executivo carregando uma imensa pasta e um adolescente com uma mochila enorme, Kristen agarrou a barra de apoio quando o trem ganhou velocidade. Estava se tornando um hábito ficar sabendo dos planos de casamento de Sergio pela imprensa, ela ponderou amargamente. Lembrou-se de como ficou chocada e magoada ao ler sobre o noivado dele com uma beldade siciliana há quatro anos, quase dois meses depois do término do relacionamento deles. O primeiro casamento de Sergio presumidamente não durara muito, já que ele estava para se casar com um membro da aristocracia inglesa.

Na fotografia, Felicity Denholm estava de braço dado a Sergio, com o sorriso de um gato que bebera todo o seu leite, Kristen notou com amargura. Sergio estava ainda mais avassaladoramente lindo do que há quatro anos. O smoking preto emoldurava os ombros largos e enfatizava o físico poderoso. Abençoado com uma estrutura óssea escultural, a figura dele era mais esguia do que ela se lembrava. Mais rija. E, embora Sergio estivesse sorrindo na foto, nada conseguiria diminuir a determinação resoluta de seu maxilar.

Ele era um homem que sabia o que queria e que perseguia suas metas com afinco, proclamavam aqueles olhos negros e curiosamente sem expressão. Eles pareciam ser pretos, mas Kristen sabia que eram, na verdade, cor de chocolate e que podiam, em raras ocasiões, derreter e te convidar para se afogar em suas profundezas.

A mente dela foi inundada por lembranças do verão dourado que passara na Sicília quatro anos atrás. Kristen conhecera Sergio assim que chegara, e a atração fora instantânea e eletrizante. Ela lembrou-se da primeira vez que ele a beijou. Eles estavam conversando e rindo, quando Sergio subitamente inclinou a cabeça e acariciou os lábios contra os dela. Uma lembrança ainda tão intensa que fazia seu estômago revirar. O beijo fora lindo, e naquele instante Kristen percebera que estava apaixonada. Tola, acreditara que Sergio compartilhava desse sentimento, mas, para ele, Kristen fora apenas um desvio fugaz de seu estilo de vida abastado.

HARLEQUIN *Paixão*

Próximos lançamentos

373 – LEGADO SURPRESA – CHANTELLE SHAW

374 – DELICIOSA DIVERSÃO – MAGGIE COX

375 – OS SEGREDOS DE UM HOMEM PODEROSO – CHANTELLE SHAW

376 – ESPOSA DE UM PLAYBOY – CAROL MARINELLI

377 – HERDEIRO CASUAL – LUCY MONROE

378 – PROPOSTA AUDACIOSA – LYNNE GRAHAM

HARLEQUIN *Paixão* JÁ NAS BANCAS

367 – UM TOQUE DE PRESENÇA – CAROLE MORTIMER

A vida de Beth Blake vira de cabeça para baixo quando ela descobre um segredo do passado. Beth se vê, da noite para o dia, na Argentina, sob a vigilância do sexy Raphael Cordoba. Poderá ele manter a regra profissional de nunca tocar uma cliente?

368 – ÚLTIMA PROPOSTA – MELANIE MILBURNE

Eliza Lincoln é visitada por um antigo amor que lhe faz uma proposta irrecusável. Leo Valente não deseja reacender o romance, mas que ela ajude sua filha. Eliza, porém, sabe que é impossível ficar perto de Leo sem sucumbir ao desejo...

369 – DESAFIO NO DESERTO – SHARON KENDRICK

Sara Williams foi comprada como esposa para cobrir uma dívida, mas não quer se casar. Ela decide, então, seduzir o diplomata encarregado de guiá-la pelo deserto até seu marido. Suleiman Abd al-Aziz resistirá às provocações, ou ignorará o dever?

370 – PRESOS AO DESEJO – SARA CRAVEN

No meio de uma viagem à Itália, Maddie Lang é sequestrada pelo infame conde Valieri. Para ser libertada, ela deve pagar um preço: sua inocência! Mas, apesar das circunstâncias, o fogo que o conde provoca em Maddie poderá se tornar viciante...

371 – DESILUSÃO NO DESERTO – SHARON KENDRICK

O magnata da publicidade Gabe Steel é surpreendido pela presença de uma estranha sedutora em seu quarto de hotel. Leila quer um emprego, e o publicitário fica encantado por sua beleza. Mas ele não sabe que ela não é exatamente quem diz ser...